JN024590

「――〝凛涅《リンネ》〟――」
あなたの色。凛《りん》とした涅色《くろ》
――それが、私が贈ったあなたの名前。

「それ、わたくしにくださらない？」

「……これか？
これが私と〝契約〟していると
知っての発言か？　若き悪魔よ」

「――〝悪魔公女〟――」
Devil Princess

悪魔公女

THE DEVIL PRINCESS 4

HARUNOHI BIYORI
春の日びより

ILLUSTRATION
UMIU GESO
海鵜げそ

THE DEVIL PRINCESS 4 Contents

［第一部］ゆるいアクマの物語

挿絵：海鵜げそ　デザイン：浜崎正隆（浜デ）

［第一部］

ゆるいアクマの物語

第四章 ✦ The Devil Princess

第一話　青年の願い

その〝青年〟は〝幸せ〟だった。

ただ、その幸せはほんの些細《ささい》なことで、彼の手からこぼれ落ちた。


子どもの頃は〝不幸〟の意味を知らなかった。

父もいて母もいる。兄弟こそいないが、両親ともに働いている家に貧しさはなく、子どもの頃の青年はなんの疑問も持たず、ごく普通の〝家族〟だと思っていた。

青年が違和感を覚えたのは、自分の運動会に両親が一度も来なかったことだろうか。

家族での食事が週に一度程度しかないことかもしれないし、家族との会話が一度もない日が続いたせいかもしれない。

食事を作ってくれたのは食事時にだけ現れる家政婦で、彼の世話を焼いてくれるのも保育所や学童保育の人間だった。

父と母と青年の三人家族。でも、家族だと思っていたのは青年だけで、この家は、自分にしか興味のない人たちが住む、ただの〝共同住宅〟にすぎなかったと気づいた。

だが、その事実に気づいても、青年は自分が不幸だとは思わなかった。

知識を得る時間だけはあり、青年はこの世界にはもっと大きな不幸があって、食事ができて眠る場所があるだけでも恵まれていることを知っていたから。そして何より、青年には幼い頃から彼のことを気にかけてくれる、幼馴染《おさななじ》みの少女が居てくれたからだ。

始まりは、いつも一人で食事をする彼を見て、少女が母親に相談し、青年を食事に招いたことだった。

少女の両親は突然家族の団欒《だんらん》に割り込んできた子どもを温かく迎え入れ、少女の幼い弟も彼のことを兄のように慕ってくれた。

彼は生まれて初めて〝家族〟の温かさを知り、溢《あふ》れる涙を止められなかった。

そうして彼は少女の家族と深く関わるようになり、中学に入ると互いを意識し始め、高校生になって初めての恋をした。

彼と少女は自然と付き合うようになり、大学を卒業すると青年は名ばかりの家族と離れ、二人で暮らすことを考えた。

青年は大好きな彼女とすぐにでも式を挙げたかったが、社会に出たばかりの二人にお金の余裕はない。けれども、式よりも彼と一緒にいることを望んだ彼女の提案により、一緒に住むと同時に婚姻の届け出だけはすることになった。

青年は幸せの絶頂にいた。

二人で休みを取り、手を繋《つな》いで役所へ向かい……

青年は、突然突っ込んできたトラックから彼女を庇《かば》い、命を落とす。

消えていく意識。彼女の叫ぶような泣き声の中で闇に包まれ……。

青年は〝悪魔〟と出会った。

＊＊＊

人族が住む平和な土地から遠く離れた北の流刑地……魔族国。

魔族国とは人間国家と区別するために魔族《エビルレース》が付けた名称であり、人間国家は〝魔族国〟とは呼んでも、それを〝国家〟とは認めてはいなかった。

魔族国に住む住人でもそうだ。自分たちの祖を迫害した人族に対する象徴として〝魔王《エビルロード》〟という存在を敬ってはいるが、その国は一枚岩とは言い難く、実際には大小幾つもの部族に分かれ、互いを見下しながら果てしない争いを続けていた。

その中でも特に力のある三つの部族がある。

一つは、最も数が多く、人型に近い魔族や亜人で構成される、魔王ヘブラート直轄部族。

一つは、魔物に近い外見の獣人を中心に構成された、獣王ガルスが治める部族。

一つは、魔物の血を取り込んだ魔族や知恵のある魔物で構成される、黒姫キリアンの部族。

生み出すことの喜びを知らず、ただ奪うことでしか喜びを得られない彼らが、互いが滅びるまで殺し合わなかった理由は、魔族全体の長《おさ》である魔王の存在と、人族への恨みという共通した意識、そして〝痛み〟を知っていたからだ。

魔族の個の力は人族の個のそれを大きく上回る。それに慢心した各時代の魔王により人族の国家へ何度も侵攻が行われたが、そのことごとくが失敗した。

魔族の〝個〟は強い。だが、人族には何かを生み出す知恵と〝数〟があった。

時代と共に人族は様々な武具を創りあげ、一般兵でも使える魔術を創造して魔族との〝個〟の差を埋めた。そして最後には〝勇者〟と〝聖女〟の手により歴代の魔王は討ち取られ、その度に魔族は衰退していった。

だが、それでも魔族は諦めていなかった。

いつの日か、人族への恨みを晴らし、飢えることのない豊かな土地を奪うことを夢見て、牙を研ぎ続けてきた。

しかし……今このとき魔族国は最大の混乱と脅威に曝《さら》されていた。


「魔王様はどう責任を取るおつもりか」

妖艶な……それでいて張りのある声で呟《つぶや》きを漏らした美女が、深緑色の長い髪をかき上げながら毒のある視線を向ける。

魔族国の中心には魔王の城がある。中には有力部族の長を集めて会議をする場所があり、そこには異変を察して急遽《きゅうきょ》来訪した長たちが側近さえも連れずに睨《にら》み合《あ》っていた。

「あのバケモノをどうするつもりだ？　このままでは我ら全員、あのバケモノの腹の中に収まることになるぞっ！」

美女の対面に腰を下ろした巨漢が吠《ほ》えるように、テーブルに強く拳を打ち付ける。

あまりの衝撃に石造りのテーブルに罅《ひび》が入り、自分のグラスが倒れかけた美女はわずかに顔を顰《しか》め、嘲るような笑みを唇に浮かべる。

「騒がしい。まるで脅《おび》えた〝仔猫《こねこ》〟のようではないか？」

「あぁっ？　てめぇも、ふざけたことぬかしてんじゃねぇぞ、〝へび女〟っ！」

嘲りに一瞬で激昂《げきこう》した巨漢が敵意を向けると、美女が柳眉をつり上げ、上半身の数倍もある蛇の下半身で立ち上がり、天井間近から巨漢を見下ろした。

「ふざけておるのはお主じゃ、ガルス。我ら〝妖魔〟に勝てるつもりか？」

「てめぇこそ、オレら〝獣魔〟と事を構えて生き残れると思うなよっ！」

魔王軍妖魔師団長、蛇の下半身を持つ魔物、黒姫キリアン。

魔王軍獣魔師団長、獅子《しし》の獣人、獣王ガルス。

三大派閥の部族長であり、魔王軍の中核を成す二大巨頭が魔力と殺気を撒《ま》き散《ち》らしながら己の得物に手を伸ばした、そのとき――

「やめいっ！　ここは魔王様の城であるぞっ！」

そう叫び、二人を止めた壮年の魔族……魔王直属軍人魔兵団長、魔将ダーネルは、二人に劣らぬ覇気をもって睨《ね》めつけた。

ここに魔王の姿はない。魔王へブラートは今もこの魔王城の地下にいて、呼び出したあの存在が魔法陣の呪縛を破らないように魔力を注ぎ続けている。

そのヘブラートにより魔王の名代《みょうだい》に任じられたダーネルの威圧に、キリアンとガルスは顔を顰めながらも矛を収める。

二人はダーネルを恐れているのでも魔王を軽んじているのでもない。ただ二人と同等の力を持つダーネルがもしどちらかに味方すれば、ただでは済まないと冷静に判断しただけだ。

そのガルスが憮然《ぶぜん》とした表情のままダーネルに問う。

「それで魔王殿はあのバケモノをどうすると？」

ヘブラートは配下と共に魔界の神とも呼ばれる〝大いなる存在〟を呼び出すはずだった。

だがそれは、想定以上に注ぎ込まれた膨大な魔力と、その〝金色〟の力に惹《ひ》かれるように強引に召喚門が開かれ、想定外のバケモノを呼び出してしまった。


最高位悪魔が一柱、〝魔獣《ビースト》〟――〝暗《くら》い獣《けもの》〟――。


伝説にもある遙《はる》かな昔、それを呼び出した大国を滅ぼしたという魔界の野獣。

ヘブラートも対話を試みはした。だが魔獣は彼の言葉に応えることなく、激しい怒りをあらわにして魔法陣の呪縛の中で咆哮《ほうこう》をあげ、今は失った魔力を回復するように虚空を睨みながら傷ついた獣の如く動かないでいる。

「今、あの〝魔獣〟は魔王様が抑えてくださっている。現状はこちらに細かな指示を出せる状態ではないが、魔王様は我らに今のうちに魔族国から出るように仰せだ」

ダーネルの言葉は、ヘブラートが彼に出した最後の命令そのままの言葉だ。

ヘブラートは、利己的かつ自信過剰である魔族が『逃げろ』という命令に従うと思えず、『国を出ろ』という曖昧な命令を出すことしかできなかったのだ。

「どういうことだ？　魔王殿は、我らを国の外へ出して何をする？」

ガルスが胡乱《うろん》げな視線をダーネルに向けた。キリアンもそれに便乗するように口元だけで笑みを作る。

「我らが居なくなれば、財も縄張りも好き勝手できそうだものねぇ」

「貴様……っ」

敬愛するヘブラートを盗人《ぬすっと》呼ばわりされたダーネルが殺気を放つが、それに呼応するようにガルスが得物に手を添えた。

「……なるほど。我らが国の外に出た瞬間に、お主らが背中から討つこともできるわけか」

ガルスのその勝手な言い分にダーネルが無言で剣を抜く。

三人の殺気が渦巻き、一触即発の状態となった、そのとき——

「そこまでじゃ」

物静かな……だが、魔族であり魔物である彼らでさえ無視できない凄《すご》みが、三人にその存在を思い出させた。

「ギアス殿……」

「ダーネル殿も落ち着くがよい。ヘブラート殿の話は儂《わし》が聞いておる」

魔族軍参謀ギアス。

魔王へブラートが自ら連れてきた魔導師で、配下に指示を出すために肩書は魔族軍の参謀となっているが、実質は魔王の参謀であり相談役でもある、魔王に次ぐ実力者だ。

もちろんギアスを疑う者もいた。強さを尊ぶ魔族は、彼がかなり歳《とし》を経た老人であることでその力を疑い、常に深く被ったフードで顔を隠していたことから人間種……人族ではないかと疑った。

だが、そのすべてをギアスは力で黙らせた。肉体は老いてもその知謀と魔力は魔王にさえ匹敵すると、魔族たちはギアスを上位者として受け入れていた。

「では、参謀殿？　魔王様の真意はなんと？」

おそらくは知恵の回らぬ獣魔を嘲るためにガルスの話に乗っただけなのだろう。あっさりと敵意を消したキリアンにギアスは静かに頷《うなず》く。

「うむ。こんな状況じゃ。ヘブラート殿はダーネル殿に真意を話す時間もなかったのだろう。じゃが、儂は以前よりヘブラート殿から話を聞いていた。その真意は……魔族軍の一斉侵攻じゃ」

「「「――っ」」」

ギアスの言葉を聞いてその場の三人が息を呑《の》む。

魔族は何度も人族国家へ侵攻をして何度も失敗をした。その度に魔族国は衰退していったが、それでも魔族が滅びなかったのは、人族側が魔族国の領土に〝旨《うま》み〟を感じなかったからだ。

魔族国は作物もろくに育たない北の流刑地であり、侵攻して何年も掛けて魔族を根絶やしにするほどの価値も理由もなかった。

「今の状況で人族側への一斉侵攻だと？　あの魔獣が制御できるのか？」

戦いしか知らない獣魔でも、今の魔族国が魔獣により危機に瀕《ひん》していると理解できている。それを解消できる手段があるのかと睨むガルスに、ギアスはニヤリと笑みを返した。

「以前もヘブラート殿が言っておったであろう。あの魔獣を〝見せ札〟として交渉すると。それと同じことじゃ。これだけの鬼気なら、魔力に敏感な者なら人族の土地からでも異変と脅威に気づいておろう。となれば、人族は各々の国を護《まも》らんがために軍を結集させることはない。我らは全員で一つずつ国を落としていけばいい」

「しかし、魔族国の全軍とはいえ、それほど早く国を落とせるの？　時間が掛かれば不利になるのではないかしら？」

自国を護る大義があっても、もし勇者や聖女が立ち上がれば、コストル教会の名の下に他国に援軍を出す国家も増えてくるだろう。脅威が迫れば自然と団結するのが人間だ。彼らがその決意をする前にどれだけの国を奪えるのか。

「儂は〝全員〟と言ったぞ。ヘブラート殿は魔族国から出ろと言った。つまり、女も子どもも戦える者すべてじゃ」

その言葉に衝撃が奔《はし》る。軍と兵士の数では人族の連合軍に遙かに劣る。だが、幼い子どもや病人などを除いた文字通り〝全員〟なら、その差は大きく減少する。

その場合は国に残された者に希望はなく、後方からの物資支援も無くなるが、物資は占領したその地で奪い、捕虜さえも取らずに肉とすればいい。

少しでも戦いを知る者ならそんな策は正気の沙汰とは思えない。だが、一軍の将である獣王ガルスは、ギアスの言葉に歓喜に打ち震えた。

「いいのだな？　奴らを殺せるのだな⁉」

「そうだっ！　殺せ！　奪え！　人族に我らの恨みを思い知らせてやれ！」

「ぶはははははははははははははははははははははっ‼」

魔族は強さこそ誉れ。人類軍と総力戦になれば必ず〝勇者〟が現れる。それと心ゆくまで戦うことができるのなら後のことなどどうでもよかった。

そして何より、己の獣性を抑えることなく暴虐のかぎりを尽くせることに、ガルスは内から湧き上がる歓喜と笑いを抑えることができなかった。

「……ふん」

そんなガルスに冷ややかな視線を向けながらも、キリアンも魔物としての本性が人族を食らえることに高揚し、我知らずに熱い吐息を漏らす。

「参謀殿……勝手にしてよいのだな？」

「好きにせい」

「分かったわ……ふふふっ」

二つの師団が早々に戦うことを決め、残った人魔兵団長の魔将ダーネルも、敬愛する魔王の知謀とこれからの血の躍るような戦いに顔を輝かせていた。

「…………」

そんな三名の様子を見ながら微《かす》かに暗い表情を浮かべたギアスは、後のことは彼らに任せ、音もなく部屋を後にする。

「……ヘブラートよ。お主の間違いは、コードルを外に出したことじゃ」

魔王の直属である魔将ダーネルでさえ、ああなのだ。戦いに高揚し、誰も魔王の真意に気づいてくれる者がいない。

ヘブラートは魔将コードルのように冷静な智者《ちしゃ》を側に置くべきだった。ヘブラートの苦悩を理解して動ける者を外に出すべきではなかった。

小賢《こざか》しく知恵の回る黒姫キリアンも魔族国の現状を本当の意味で理解できておらず、魔王の苦悩を真に理解できていたのはコードルとギアスしかいなかったのだから。

「不憫《ふびん》だのう……」

誰も居ない魔王城の通路で、ギアスは溜息《ためいき》と共にそんな言葉を零《こぼ》す。

今もヘブラートは命を削りながら、一人でも多くの魔族を救うために神にも等しい〝魔獣〟を抑え続けている。

「……同郷のよしみじゃ。できるだけ多くの者を魔族国の外へ出してやる。進むも地獄だが、ここに残るより生き残れる者もおるじゃろう」

もっとも、人族はさらに死ぬことになるだろうが……。

そんな言葉を心の中に仕舞《しま》い、自分の準備をするために城の研究室へ戻ったギアスは、不意に皺《しわ》だらけの顔を歪《ゆが》めて、まるで〝青年〟のような言葉で呟いた。

「必ず帰るよ……君の許《もと》へ」

ギアスは願う。今更、人の神には祈れないが、それでも本当に魔界の神がいるのなら切に願う。

自分の願いとヘブラートの進む道にわずかでも光があらんことを……。

＊＊＊

その頃、とある〝魔神《デヴィル》〟は、旅の役に立つものを召喚できないかとミレーヌの領地を借りて実験を始め、そんな彼女の願いを聞き届け、颯爽《さっそう》と現れた大量の『蛸《デビルフィッシュ》』を処分するために、悪魔の従者や吸血鬼の手も借りてタコスルメを作る作業に追われていた。

第二話　十歳になりました

ユールシアでございます。年が明けて私も魔術学園の四年生となりました。

それから半年も経ちますが、もちろん、学園にはほとんど通っておりませんわ。……所詮学園編なんて最初から無謀だったのですよ。

さてっ、そんな些細《ささい》なことはともかく、あんな大々的に国民を集めた命名式なんてやっておいて、私たち勇者ご一行はまだ出発しておりません！

半年だよ？　半年も何をしていたの？　暇なので旅に役立つモノを召喚しようと大変な目に遭ったりしましたが、特に何もしておりませんよ？　……ちょっと、海産物の私に対する愛が重いことに気づきましたが。

それともあれか？　三人だとダメなあれなのか？　勇者と戦士と僧侶がいても魔術師とか武闘家でもいないとダメなのか？

そんなゲーム脳的な話は関係なく、問題は私とリック……主に第三王子リュドリックのほうに問題があったのです。

そう！　大部分はリックが悪いのです！　彼は第三王子。王位継承権を持つ王子様なのです。

以前からエレア様似の素敵なティモテくんより、がさつなお祖父様《じいさま》に似たリックを後継者に推す人たちがおりまして、そんな彼が、精霊に選ばれた『聖戦士』になんてなったものですから、やっぱり彼が後継者にふさわしい！　第三王子を国外に出すなんて以《もっ》ての外《ほか》！　出すのなら、どうでもいいヴェルセニア公女だけにしろ！　なんて意見が――待てや、コラ。

とにかく、そんな意見を持つ方々がおりまして出発ができなかったのです。

でもまあ、やっぱり、私とリックという王位継承権持ち二人が、安全とは言えない旅に出ることに難色を示す人もいるのですよ。……お父様とか。

逆にリックパパである伯父様は『力を示せ！』みたいなノリだったので、出発できなかったのは私のせいもあるかもしれない？

いまだに北のほうのお空を見ると、遠くで〝彼〟の瘴気《しょうき》が渦巻いて、おどろおどろしい黒雲となっておりますが、聖王国は意外と平和です。

元々大陸の中央にある聖王国タリテルドは魔族の国から遠くて、しかも国全体に魔物除《よ》けの結界があるらしいので、何百年も魔物の被害が無いそうです。

……吸血鬼は平気なのか。人型魔物の魔族《エビルレース》だって普通に入ってきていたじゃん。ガバガバだよ。

まあ力が強くて、人間の属性がちょっとでも残っていたら平気なのかもしれません。見たことはありませんけどゴブリンとかオークとかが入ってきたら大変ですからね。

……野生のカバやゾウに襲われるのとどっちがマシなのでしょう？

あいつら男でも女でも（物理的に）食っちまうぞ。草食系だけど何故か食うぞ！

おっと、話が逸《そ》れました。

でもやっぱり、あの暗雲に国民が騒いだりしていないのは、信心深い温和な国柄もありますが、一番の理由は上級ブランド『聖王国』を冠した『勇者』『聖女』『聖戦士』がいるからですね。

どこぞの勇者様（笑）とは格が違うのですよ。

お姉様方、元気でいらっしゃるかしら……うふふ。

それでも軍事力に乏しい周辺小国の大使の方々は早く不安を払拭してもらいたいみたいで、ちょくちょくお父様やカペル公爵を通じてお伺いを立てているようです。

また聖女巡業《アイドル》に出なくてはいけなくなるのかもしれませんね。

……本当に歌わなくていいのですか？

そんなわけでどこか暢気《のんき》な聖王国ですが、そのまま秋となり、とうとう私も目出度《めでた》く十歳になりました！（でででん）
今回もなんとか王城での大規模お誕生日会は回避しようと努力はしましたが、年齢が二桁の大台となりましたし、今回は正式に『真の聖女』となってからの最初のお誕生日なので、大げさにならないはずがない！
そこで王城はちょっと……みたいな雰囲気を出したら、コストル教会の教皇猊下《げいか》が、それなら教会の大神殿で行いましょう、ついでにその日を祝日にして国民で祝いましょう、と余計な一言を発して、事態は悪化の一途を辿《たど》りそうになりました。

今の私が神殿に入ったら、破邪結界が焼き切れますよ？（前科あり）

そこで王城で行うことを（泣く泣く）承諾したのですが、色々話が大きくなりすぎて……お祖父様とか教皇様とかお爺《じい》ちゃん連中が張り切りすぎて、結局その日は国の祝日『聖誕祭』となってしまいました。

しかも！　それを聞きつけたカペル公爵……身も心も頭皮も浄化されてふさふさになった彼が、仲直りした弟、商爵のゼッシュさんと協力し、話を持ちかけられた商業ギルドも調子に乗って、街や神殿で、無料でお酒や料理を振る舞うとか。

……は？　私を何者にしたいの？　神にでもする気ですか？　最近、貴族から届けられるお菓子とか〝供物〟率が高いのですけど？

勘弁して……。

そんな感じで『聖女さま万歳お誕生日会』が始まりましたが、ここでも商業ギルドが料理を提供しているので、質と量が半端ない感じになっております。

商業ギルド……商店街の集まりみたいなものでしょう？　などと思ってはいけません。国家の経済を直に回しているのは彼らですし、今後旅に出たら、私たちの活動予算や物資も教会や彼らが現地で都度提供してくれることになっております。

それでも今までのお誕生日会とそこまで変わりません。強いて言えば、参加人数がうなぎ登りに増えていることと、貴族ではない大規模商会の会頭さんたちの姿を見るようになったことですね。

――我らに闇が訪れんことを――

会場を歩くたびにあちらこちらからそんな〝呪文〟が聞こえてきましたので、どうやらこの会場にも例の『輝きに闇をもたらす……なんたらの会』の会員さんたちがいらっしゃるようです。

また隠し資産が増えそうです……。

それはともかく！　私が会場へ入るときには勇者ノエル君と聖戦士リックがエスコートしてくださったのですが、可愛《かわい》いノエル君はあっという間にお嬢様や奥様方に捕まって連れ去られました。

……ピラニアの映像が頭に浮かびましたわ。

もちろん、リックもモテモテだったのですが、群がる女性達を毅然《きぜん》とした態度で断っていた彼も、現在は宗教関連や商業ギルドの妖怪じみたお爺ちゃんたちに捕まり、時折私へ助けを求める視線を向けたりしていますが、私も通った道なので温かく見守っておきましょう。

では、私はどうでしょう？

安定のボッチでございます。

どうして私のところには誰も来ないの？　いや数人は来たのですけど、よく思い出すと頭皮に見覚えがあったので〝例の会〟の会員さんだったかもしれません。

シェリーやベティーもいるはずなのですが、いまだに合流できておりません。お父様やお母様も挨拶で忙しいのでずっと側にはいられないのです。

まあ、友人や家族は普段会っているのでいいのですが、ボッチは寂しい。一度だけカペルさんちのコーデリアちゃんも目撃しましたが、五千人以上の人並みに呑《の》まれて流されていきました。

これだけ人がいるのに私の周りには人が寄ってこない。そこのお爺ちゃん、お孫さんと一緒に拝まなくても大丈夫ですから！　普通に話しかけていいですから！

私の周りだけ空洞化現象が起きています。……仕方ありませんね。

「行きますよ、ニア」

「はい、ユールシア様」

仕方がないので私から動きましょう。本日のお供はニアちゃんです。でも、彼女がど〜〜しても黄金魔剣《ニャンコ》を手放したくないと駄々《だだ》こねるので、ドレスではなく騎士服ですが。

私もさすがに黒のドレスはどうかと思ったので、お母様とお祖母様《ばあさま》が作ってくださった純白ドレス（聖女さま仕様）を纏《まと》っております。

ティナとファニーが作った黒ドレス……脱げないのですよ。脱ごうとすると勝手にチョーカーに変形するので問題はないのですけど、冒険に出る前から呪われた装備はちょっと……。

そうしてニアをお供に空白地帯を移動していると、ようやく見知った顔を見つけました。

「いらっしゃっていたのですね、ミレーヌ様」

私が群がる男性陣の隙間から見えた紫がかった銀髪の房に話しかけると、男性たちがビクッと身を震わせ、私とミレーヌの間に道を空ける。

……どういう反応なのでしょうね、これ。

「ああっユールシアさま捜しておりましたここは蒸しますからテラスへ参りましょう！」

それまで優雅な仕草と微笑みで男性たちをあしらっていたミレーヌちゃんが、やけに早口……というよりノンブレスで言い切り、私の手を取って足早にテラスへ歩き出した。

　でも、蒸しますからって……もう秋ですよ。

「ミレーヌ……私を〝虫除《むしょ》け〟に使わないでくださる？」

　男性陣を振り切り、人気《ひとけ》の少ないテラスに辿り着いて〝聖女〟の仮面を外した私に、ミレーヌも〝伯爵〟の外面から素に戻って盛大に溜息《ためいき》を漏らした。

「だって……、あんな〝薄っぺらな魂〟に寄ってこられても面倒でしょ？」

　ミレーヌも今年で十五歳。貴族令嬢としては花が開き始めた乙女盛り。

〝白銀の姫〟と呼ばれる見目麗しい少女で、しかも来年の新春の祝い……一般的に貴族は魔術学園を卒業した後に成人して、正式に『オーベル女伯爵』となります。

　未成年でいられるのはあと数ヵ月。ミレーヌが正式に伯爵となれば、中級貴族や上級貴族の三男程度は話しかけることすら難しくなると、彼女自身やオーベル家への婿入り狙いの男たちは躍起になっているようですね。

　以前のミレーヌは血筋と見た目さえ良ければ、男女構わず愛嬌《あいきょう》を振りまいていましたけど、私が美味《おい》しい魂の見分け方を教えちゃったから、すっかり美食家《グルメ》になっちゃって……。

「あ、そうそう、試作品が完成しましたけど、いかがですか？」

「……いただくわ」

　私が黒いチョーカーを軽くつつくと二つの試作品が私の手に落ちてくる。

「……どこから出てきたの？」

「……どこかしら」

チョーカーには不思議機能でいっぱいです。

「まったく、うちの領地でこんなものを作って……」

ミレーヌは私から受け取ったタコの足に渋い顔で齧《かじ》りつく。

「いいじゃない。儲《もう》かっているし美味しいでしょ？」

「儲かっているし、美味しいから腹が立つのよ！」

私が召喚した男気溢《あふ》れるタコたちは、ミレーヌの領地で吸血鬼と領民が捌《さば》いて天日干ししてもらっております。うちの領地でやると磯《いそ》の臭いが移るから仕方ありません。

最近では処理しきれないワカメの一部も天日干しを頼んでいるので、今ではオーベル伯爵領の重要な収入の一つとなっているのです。

今回のタコスルメは、ようやくノアが調味液を完成してくれたので、その試作品となります。

何故それが、魔《わたしたち》の者でも〝美味しい〟のかというと、私の召喚に応じた私のためになることを望んだタコたちなので、ほんのり魂の力が残っているのです。すげぇな、タコ。

「でも、これ作るのに、まだ手が磯臭い気がするのよ……」

「そう……」

不憫《ふびん》な子……っ！　なんであなたも作っているの？　全部、配下と領民に任せなさいよ。なんで吸血鬼なのにそんなに真面目なの？　ニアもその驚いた顔を少しは隠しなさい。

調味液が量産できたら販売もそっちに任すから、えっと……まぁ、頑張ってね！

「ふぅ……ようやく人心地ついたわ」

タコスルメでわずかでも魂を補充できたのか、ミレーヌがほっと息をつく。

「ユールシア様の周りは人がいなくて羨ましいわ」

モテ自慢か！　と思ったらどうやら理由があるようです。

「あれでしょ？　獣の悪魔があなたを狙っている噂《うわさ》があるから、近寄ってこないのでしょ？」

「ええ〜〜〜……」

そんな理由？　聖女さまならなんとかしてくれると信じているけど、近くにいると巻き込まれそうだから怖いってこと？　マジかよ、私をもっと労《ねぎら》ってよ。

それはともかく。

「縁談や纏わり付いてくる男性が面倒なら、吸血鬼化できそうな魂の濃い貴族でも探したらどうかしら？」

「まだいいわ。年齢的に余裕はあるし」

結婚が平民より早い貴族女性でも、二十歳までに相手を決めたらセーフみたいな風潮はある。

「そういえば……吸血鬼って、どうやって成長しているの？」

ミレーヌって実年齢は百歳超えているでしょ？　若作りってレベルじゃないよ？

「なんか揶揄《やゆ》されているような気配がするけど……」

気のせいです。

「私たちが成長するはずないじゃない。十代で人間辞めてから肉体は変化していないわ」

「でも、出会った頃より成長しているように見えますけど？」

「他の子たちはともかく、わたくしは肉体操作に長《た》けているから、ある程度調整できますわ。赤ん坊は無理だけどね」

「へぇ……」

「へぇ、って、悪魔は違うの？　ユールシア様はどうやって外見を変えているの？」

「わたくしは、普通に成長していますわ」

「それ、普通じゃないわよ⁉　本当にユールシア様はいい加減よね……」

失敬な。〝良い加減〟ならいいじゃない。

たぶん、私が悪魔になる前の〝自分〟を依《よ》り代《しろ》にした〝人間属性〟を持つからだと思う。

そのせいで普通に成長しているし、魂で同調している従者たちも私に合わせて外見が変化しているのでしょう。でも、人間属性を持っていても根本が悪魔なので、最善の状態に最適化している私の身体は、私の魂が存在する限り不滅のような気が……。

「……あら」

そのとき、不意に会場の音楽が変わった。

こんな老いも若きも大量の人がいるお誕生日会ですが、私が十歳になったことでダンスの時間もあるようです。

「あの二人……ユールシア様の〝オトモダチ〟でしょ？　こちらを気にしているように見えるけど？」

ミレーヌが扇子で口元を隠すように私に囁《ささや》く。

誰もいないテラスへ退避しましたけど、私たちのような目立つ存在は人の目から逃れることはできません。ずっと遠巻きに会場の人たちから視線は感じていましたが、その中でも沢山の人に囲まれながらも、リックとノエル君がチラチラと私を見ていました。

「行ってきたら？」

「……仕方ありませんね」

ニヤニヤしながらミレーヌが私を押す。私も踊るとしたらあの二人以外にいないのですけど、二人は私と踊りたいのかしら？　あ、そうそう。

「ミレーヌ様？　ストレスを解消したいのなら、どこかで〝遊んで〟きたらどうかしら？」

彼女は生真面目だから〝人間の貴族〟と〝闇の眷属《けんぞく》〟を完璧にこなそうとして色々と面倒な状態になっている。

もう少し気楽にすればいいのにねぇ。それが出来ないのなら、少し〝仕事〟から離れて遊んでくるといいわ。幸い、彼女の配下たちは優秀ですからね。

そんな思いを込めて〝ニコリ〟と微笑むと、ミレーヌは少し怪訝《けげん》そうな顔をした後にハッとした表情を浮かべ、真剣な面持ちで頷《うなず》いた。

……えっと、私の思い、伝わった？


私は華やかな音楽が流れる中をゆったりと歩く。

貴族の夜会で令嬢が踊るのなら十三歳を超えてからになるけれど、この場は私のための会場で、姫で聖女である〝わたくし〟がファーストダンスを踊らなければ他の方は踊れません。

男性からも女性からも向けられる羨望と嫉妬の瞳。沢山の思いが向けられる中でわたくしが中央まで歩み出ると、男性陣が尻込みする中、二人の少年が進み出る。

リックとノエル……。王子様と勇者様。

幼い頃より知っている二人は、十三歳と十二歳になり、少年から大人になろうと必死に走り続けている。

あなたたちの瞳にわたくしはどう映っているのかしら？

庇護《ひご》する小さなお姫様？　大切な家族で妹？　敬愛すべき聖女さま？

わたくしの本性を知ったとき、あなたたちはそれでも受け入れてくれるのかしら？

そして……〝彼〟はどのような選択をするの？

そのとき……〝私〟はどのような選択をするのか。

でも今は——

わたくしはそっと、牽制《けんせい》し合う二人の少年に向けて手を差し出し、心からの〝作り笑顔〟を浮かべる。

「どちらが手を取ってくださるのかしら」

そして……その日、大陸の北にある小国から、魔族軍の襲撃を受けたとの一報が届いた。

第三話　従者たちの素敵な日常

なんと魔族《エビルレース》が北の国家を襲撃したのですって。

とは言いましても、少数の部隊だったらしく大事にはなりませんでしたが、それを不審に思ったその国が斥候《せっこう》を送ったところ、魔族国から侵攻してくる大規模な軍隊を見つけたとか。

「……そういう軍事行動って、バレないようにするものでは？」

王宮でのお茶会で私がそんな疑問を口にすると、エレア様が困った様子で頷《うなず》いた。

「そうなのよ。その行動が宣戦布告の代わりなんて考察もできるけど、単純に〝勇み足〟ではないかと将軍たちは結論を出していたわ」

「そうなのですね……」

基本的に魔族って獣寄りと言いますか、自分ファーストな人たちなので、先行部隊がいきなり強奪を始めたのでしょう。……そんなんで、よく軍事行動ができるよね。

まあ、そのおかげで、こちらも余裕を持って行動ができますけど。

ですが、魔族が軍を動かしたので、それでは聖王国の勇者一行を向かわせましょう、ということにはならないそうです。

何故かと言えば、魔族の軍には普通に国家の軍隊が相手をするそうで、タリテルドからも北方に軍を派遣する予定だと聞きました。

そりゃそうだよね！　魔族が襲ってきたから勇者にひのきの棒とお小遣い程度の小銭を与えて、解決してこいって旅立たせたりしないよね！

それなら、私たちはどうするの？　って話ですが、私たちは最初から『黒い稲妻の悪魔』の対処をすることになっているので、そちらに集中してほしいのですって。

結局、同じ方角に向かう気がしますけど……。

勇者の任命式をしてから半年以上経ちますので、そろそろ出発しても良いような気もするのですが、軍の派遣準備で色々忙しいのとは別の理由で〝待った〟がかかりました。

「とりあえず、ユルはもう少しゆっくりしていなさい」

「はい……」

エレア様の言葉に私は神妙な顔で頷いておきました。

魔族軍が動いたせいで危険が増えたと、まだ初等教育の年頃、要するに小学生の私が出向くことに難色を示す人たちが現れたのです。

お祖父様《じいさま》やお父様？　もちろん駄々《だだ》をこねられましたが違います。あの方たちは〝王族〟なので同じ王族の務めをする私を無理矢理《むりやり》止めるようなことはいたしません。お祖母様《ばあさま》やお母様も心配はするけども同じお考えですよ。

それではどのような方々が難色を示したのか？

それは……、

「本当にあのような、〝勇者〟なんて名乗る線の細い殿方に、大事な大事な大事なっ、ユル様をお任せするなんて本当に業腹《ごうはら》ですわっ。ユル様に剣を作ってもらっただけに飽き足らず、清らかな大聖女であられるユル様から癒やしをいただこうなんて、何様のつもりでいらっしゃるの⁉　今度見かけたら、わたくしが直接ユル様の尊さを……」

シェリーちゃんでした。

何様って……聖王国の勇者様ですよ。聖王国の貴族としてその発言、問題にならないの？

いや別に過激派のシェリー一人がハッスルしたせいで延期になったのではありません。学園に通う生徒たちやその保護者、市井《しせい》の方々までが小学生の女児が世界のために旅立つことに難色を示したせいでした。

なんでこんなところは常識的なのかしら？　一般的なお伽噺《とぎばなし》だと市民のほうが貴族に早くなんとかしろ、って言う感じなのでは？

いや、聖女さまとして敬ってくれているのは分かりますけど、それならもう少し普段から距離を置かないでほしいのですが。

「いやいや、落ち着きなさいくださいませ、シェリー」

いきり立つシェリーを隣のベティーがおかしな言葉で宥《なだ》めていますね。

今回の集まりは、エレア様がお誕生日会で合流できなかった、シェリーとベティーという私の友人たちを呼んでくれたお茶会なのです。

ちなみにベティーの言動が珍妙なことになっているのは、いつものこと……ではなくて、ベティーはなんと、ティモテ君の婚約者候補に選ばれたからなのです！（でででん）

でもまあ、今はまだ選抜メンバーの一人で、他の候補者のご令嬢も数名いますし、一番年下の彼女は油断できる状況ではないのですが、とりあえず今は言葉遣いから直している最中だと。

……先は長そうですねぇ。

そんなわけでせめて来年、私が五年生になるまで〝待て〟と言われましたので、私たちの出発はさらに数ヵ月先となりました。

もう結構時間が経っているので、〝彼〟のことが気がかりではあるのですが……。

待たせちゃうかなぁ……。

いいや、待たせちゃえ。（悪い女）

そんなわけで暇になったのは良いのですが、やはり向こうの様子が気になるのが人情です。

そこでっ！　従者の一人を向かわせてこっそり様子を見てきてもらおうと思いました。でも現地は危ないかな？　と思ったので武闘派メイドのティナに頼んだのですが……。

何故でしょう……人選を間違った気がしているのは気のせいですよね？

＊＊＊

魔族軍による北方国家への襲撃が起きてから数週間が過ぎていた。

本来なら魔族すべてによる電撃戦を行うために、襲撃まで気づかれてはならない作戦だったが、一部の魔族が先走ったことにより、人間国家に迎え撃つ準備の時間を与えてしまった。

それでも一ヵ月やそこらで魔族軍に対抗する準備をすることは困難なはずだが、元より北方の国家は、魔族の襲撃を前提に建国されている。

この地に住む者たちは、魔族と戦い勝利することで名誉と領地を得た者たちの子孫であり、同じく名誉と金銭を得るために今でも多くの傭兵《ようへい》たちが集う土地であった。

そんな地域にある国家は、正規兵は少なくとも傭兵戦力は十二分にあり、それを雇う予算も大陸中央の平和な国家群の寄付によって賄われているため、魔族の襲撃があったとしても援軍が来るまで持ちこたえるだけでよかった。

だからこそ、その砦《とりで》のような国家を最初に奇襲で落とし、魔族軍の砦にすることは軍事的に重要だったのだが、このような状況になれば魔族軍も多くの被害を覚悟しなくてはいけないだろう。

……それが、たった一人の老人の奸計《かんけい》だったとしても。


「ぎゃああああああああああああああっ！」

深い森に住民たちの絶叫が響く。

その男を槍《やり》で刺し殺した者は顔に飛び散った血潮を長い舌で舐《な》め取《と》り、爬虫類《はちゅうるい》のような目を周囲に向け、歪《いびつ》な笑みを浮かべた。

人族国家より離れた深い森にある小さな村は、魔族軍による襲撃を受けていた。

人族国家の魔族に対する防波堤は北方にある小国家群だ。それより先に〝人族〟の住む集落は、公には存在していない。

その村は『獣人』が住む村で、彼らは人族からの迫害を恐れて逃れ住む者たちだった。

獣人は魔族とも言われているが、元々はエルフやドワーフと同じ人間側の亜人種であり、魔族側の獣人とはそもそも見た目が違う。その村に住む獣人たちも耳や尾を隠せば人族に紛れて暮らせるほど、人族に近い外見をしており、人族との交配も可能なので、村には獣人の伴侶になった人族の姿も見られるほどだ。

その、ただ平和に暮らしていただけの村を魔族軍は襲撃した。

襲っている魔族の兵も〝獣人〟だが、その外見はより獣に近く、様々な種族の交配の末に魔物の血まで取り込んだ彼らに、〝人〟らしさは何も残ってはいなかった。

「おらおら、逃げろ、逃げろっ！」

「ぎゃはははははっ！」

薄汚れた鎧《よろい》を纏《まと》った魔族の獣人が、人族側の獣人たちを笑いながら追い立てる。

「……ちっ、もう動かなくなりやがった」

弄び続けて動かなくなった獣人の女性を、狼《おおかみ》の頭に爬虫類の目を持った獣人が唾を吐くように投げ捨てた。

「もう肉にするしかねぇが、勝手に死にやがって、運ぶのが面倒だろうが！」

魔族軍は全軍で移動している。食料などは最初から〝誰か〟から奪うことを前提に動いているため、すべての魔族軍は散らばりながらこうして点在する集落を襲っていた。

男は殺し、女は弄んだ後で殺して、肉にする。

彼らのような魔族にとって人族に近い同族は餌と同じであり、肉として食らうことに忌避感など最初から持ち合わせてはいなかった。

そのとき……、

「おかぁしゃん……っ」

事切れ、投げ捨てられた獣人の女性に駆け寄る小さな影があった。

まだ五歳程度の小さな猫耳の幼女は、嗚咽《おえつ》の交じる声で母を呼び、動かない血塗《ちまみ》れの肩を必死に揺さぶり続けていた。

そんな母を想《おも》う幼子の姿にも魔族の獣人は心動かされることなく、唾を吐き捨てながら面倒くさそうに猫耳幼女をつまみ上げる。

「いやぁあ！」

「うるせぇ！　黙れ！　こんな餓鬼を持ち帰るなんて面倒くせぇな……。仕方ねぇ、この場で食っちまうか」

「……ひっ」

脅《おび》える彼女に向けて魔族は幼子など一呑《ひとの》みできそうなほどに顎を開く。

人の言葉を話し、意思の疎通はできても、彼らは〝人〟ではない。

魔族にとって自分より弱い者は搾取される存在であり、彼らにとって弱者は獲物にしか見えていなかった。

「……ん？」

暴れることに夢中になっていた魔族の獣人は、辺りが静まりかえっていることに気づいた。

先ほどまでは、仲間たちが住人たちを追い回して殺す、笑い声と絶叫だけが響いていた。

この集落の住民はおおよそ五十名。仲間たちは十五名なので逃げる者を追いかけて移動したのだろうかと、魔族の獣人は集合場所となっている集落の中央へと足を向ける。

「少しだけ寿命が延びたな、餓鬼」

「ひぐ……」

喉に詰まるような嗚咽を漏らす猫耳幼女の襟を摑《つか》んで歩き出す。

集落の中央に近づいても静まりかえっていることを不審に思いながらも、向かった魔族の獣人は、そこで信じられない光景を目撃する。

「なんだ……こりゃ……」

そこには『石像』があった。それも一つや二つではなく、立ったままの物や倒れた物など、すぐには数え切れないほどの石像が乱立していた。

物を生み出す文化のない魔族に石像の善《よ》し悪《あ》しは分からない。ただ人型であることは理解できたが、魔族の獣人は〝それ〟が……精巧に作られた石像のすべてが、殺された住民たちと、警戒するように武器を構えた仲間たちの姿だと認識できなかった。

彼の乏しい知性では、それが〝敵〟の手によるものだと理解ができなかったのだ。

「……なんだ？」

理解できないまでも仲間を捜して辺りを見回した魔族の獣人は、立ち並ぶ石像の奥に、生きている〝人〟の姿を発見した。

「……へへ」

魔族なら幹部にしか着られないような上質な衣装を纏う金髪の子ども。

彼にまともな知識があれば、それが上等なメイド服で、こんな場所にいるはずがないと理解できたのだろうが、彼には上等な包装がされた柔らかな肉としか見えず、肉付きの悪い猫耳幼女を捨ててその金髪の少女に近づいていった。

「おい、そこの金髪のガキっ！」

……ドスッ。

「……あ？」

一瞬、自分と少女を繋《つな》ぐ金色の〝線〟が見えたような気がして目を凝らすと、いまだこちらに顔も向けていない少女の手に、血塗れの〝肉〟が載っていることに気づく。

どくん、どくん、と少しずつ鳴動を弱めていくそれが〝心臓〟だと理解した魔族の獣人は、穴が開いた自分の胸元を見て、絶望に顔を歪《ゆが》めた。

「おや、まだどなたか残っていたのですね。失礼、何かご用でしたか？」

「ぁ……あ……」

「ふむ」

少女はそこで初めて自分の手に心臓があることに気づいて、それの持ち主であろう魔族の獣人に、視線を合わせて謝罪する。

「失礼しました。〝つい、やっちゃった〟みたいでございますね。まあ、お残しは品がないので、よしとしましょう」

手に心臓を持ったまま身体を揺らすことなく歩き出し、〝石像〟となっていく魔族の獣人から立ち上る白い靄《もや》のようなものをすれ違い様に回収した少女は、ふと足下にいる存在に目を留めた。

「…………」

「…………」

ただ向けられただけの少女の視線に、腰を抜かしたようにへたり込んだ猫耳幼女の尻の下からじわじわと微《かす》かな湯気がのぼる。

「よろしければ食されますか？」

「――!?」

無表情のまま差し出された、まだ微かに動く心臓を差し出された猫耳幼女は、真っ青な顔で必死に首を振る。

「それなら、これは食べられますか？」

次に〝足が八本もある奇妙な生物の干物〟を差し出された猫耳幼女が、気絶しそうになりながらも震える手で受け取ると、その少女は満足げに頷きながら幼女の猫耳を撫《な》で、そのまま集落の外へと消えていった。

「……ひぐ」

一人残された猫耳幼女は泣きそうになるのを堪えて〝タコスルメ〟を食い千切る。

今までもこれからも、あれよりも酷《ひど》いものも怖いものもないだろう。そう確信した猫耳幼女は、一人でも強く生きるために、スラム街があると聞く人間の街のほうへと猫のように駆けていった。


ネコとは愛《め》でるもの。

ただ目的地へ真《ま》っ直《す》ぐ向かう途中に、お祭り騒ぎが行われていた集落のようなものがあり、ついでに〝おやつ〟を回収していたところ、偶然見つけた、愛する主人と同じ〝猫耳〟の魅力に抗《あらが》いきれずに思わず餌付けしてしまったティナは、まだ温かな心臓をイチゴを食べるように一口で呑み込み、取り出した手帳にメモを書き記した。

「ネコは心臓《ハツ》が嫌い、と」

＊＊＊

「どうなっているのかしら……」

巨大な四つ首大蛇の背に括《くく》られた天幕の中で、魔王軍妖魔師団長、黒姫キリアンは焦燥感に駆られたように爪を噛《か》む。

魔族は戦えるすべての者を兵として、全軍をもって人族国家への侵攻を始めた。

魔王を知る一部の将校はこの無謀な策に異を唱えたが、大部分の兵は元市民であった者も含め、〝魔獣〟から逃げるように魔族国を離れることを望み、魔族国に残ったのは、魔王とその直属の配下。それと戦えない弱者のみであった。

出立した魔族軍だが、彼らは〝軍〟と称していても、保身と欲望に支配された者たちだけの魔物の群れに近い。

出立したその日こそ纏まっていた魔族軍だったが、象徴たる魔王の姿もなく、血に飢えた魔族たちは次第に勝手な行動を始めていく。

それでも師団のような部族の長《おさ》が纏めている場合はまだマシだったが、食料が無くなってくると斥候と称して部隊が散らばり、好き放題をし始めた。

妖魔師団の総数は二十万。それだけの数を完全に制御することはできず、魔族の性質をよく知る黒姫キリアンもある程度は許容していたが、数万もの兵が戻らないとなると話は変わってくる。

魔物の血が濃い故に身勝手な行動を取ることもあるが、黒姫の恐ろしさを知る兵たちがキリアンより先に人族国家へ向かうなど考えにくい。

戻らない兵がいるせいで人族国家への侵攻は遅々として進まず、苛《いら》つきを覚えるキリアンの内心とは裏腹に、深い森は進むほどに静けさを増していった。

まるで……待ち構える〝何か〟に脅えるように。

「まさか、勇者か」

魔族の伝承にもある〝魔〟の天敵、人類側の殺戮者《さつりくしゃ》。

人族の国家には稀《まれ》に『勇者』を名乗る者が現れるが、〝光の大精霊〟に選ばれた人類すべての希望となる『真の勇者』は一人しかない。

伝承によれば真の勇者は、世界の危機となるほどの〝邪悪〟が生まれないかぎり現れることはなく、もし〝魔獣〟が召喚されたことで光の精霊に選ばれたとしても、数年は自分の力さえ自覚できないはずだ。

「ならば、何故、兵が戻ってこない」

キリアンの知らない〝何か〟が起きている。

キリアンの知らない〝敵〟が存在している。

勇者でないのなら『聖女』という可能性もあるが、キリアンは己の考えを否定する。聖女はその力こそ強大だが、それはあくまで人を救うための慈愛の力であり、勇者と共にいなければ積極的に戦場へは出てこないだろう。

仕方ない……とキリアンは動くことを決める。

バシンッ！

蛇の下半身の一振りで天幕を弾《はじ》き飛《と》ばしたキリアンは、周囲を移動する全軍に向けて声を張り上げた。

「皆の者、聞けいっ‼　これより全軍をもって最速で森を駆け抜けろ‼　これより先、止まることは許さん！　行けいっ‼」

『……ォォォォオオオオオオオオオオオオオオオオオオオオオオオオオオッ‼』

師団長黒姫キリアンの命令に魔物たちが一斉に吠《ほ》えて駆け出した。

その脚が速いのは実際、限界に近かったからだ。持ち出した食料も底が見え始め、この進軍速度では周囲の獣も狩り尽くしてしまい、このままでは共食いさえしかねなかった状況だった。

「進め、進めっ‼　このまま人族の街を襲い、すべてを食らい尽くせ‼」

妖魔師団二十万。魔物の血が濃い魔族が十二万、知恵のある魔物が三万にそれらが使役する騎獣が五万。今は数が減っているが、それでも総数は十七万となる。

その全軍が、人族の肉を求めて森を全力で駆け抜ける。

深い森の木々を薙《な》ぎ倒《たお》し、起伏をものともせずに乗り越え、一つの群体のように森を呑み込みながら進む軍の前には、森に潜む未知の敵など何を恐れるものかとキリアンは蛇のように笑った。

「奔《はし》れっ‼」

『キギャアアアアアアアアアアアアッ‼』

気を良くしたキリアンの声に、彼女が駆る四つ首の大蛇が雄叫《おたけ》びをあげ、前を走る騎獣を跳ね飛ばしてついに先頭へ躍り出る。

だが……。

「――――⁉」

突如、前方の森からおぞましい悪寒を覚えて、四つ首の大蛇が動きを止める。

魔物に近いものほどその感覚に身を震わせ、止まることのない全軍がキリアンの号令もなく一斉に止まってしまっていた。

そのおぞましさを間近で感じたキリアンの全身から、滝のような汗が流れ出る。

前方の森に何かがいる。それが妖魔師団の斥候が帰らない原因か分からないが、キリアンはただならぬ相手がいると察しながらも、魔物の長としての矜持《きょうじ》から声を張り上げた。

「何者だ……っ、姿を見せよっ!!」

自らの魔力を〝威圧〟として放ち、殺意を込めて森を睨《にら》む。

これほどのおぞましさを覚えたのは、初めて魔王とまみえたとき、そして、あのギアスという老人だけだ。

だが先の二人に感じたおぞましさは、生き物のそれだ。

魔力と暴力だけでなく、それを扱う知略と謀略。目的を果たすためなら親でさえ手にかける、死を厭《いと》わない〝覚悟〟に寒気すら覚えた。

だからこそキリアンはヘブラートを魔族国の王と認めた。

力だけではない。ヘブラートの〝王〟としての覚悟を認めたのだ。

しかし……〝これ〟は違う。

これは生き物から感じる、理解できるおぞましさではない。

例えば歴代の勇者の中には、稀にそんな者もいたという。覚悟も矜持もなく、ただ力を得てしまった勇者は、知らない他者を救うことに心を殺し、魔を殺すためだけの殺戮者となり、最後には人族からも恐れられて護《まも》った者たちの手で殺された。

そんな『人ではなくなったモノ』のおぞましさだとキリアンは感じた。

その敵をあぶり出すためのキリアンの放つ威圧と殺気を受けて、背後の騎獣が泡を吹いて倒れ始めたとき、その存在が姿を現した。

「……なん…だと？」

森の暗闇から切り抜かれたように現れた〝金髪〟と〝エプロンドレス〟。

起伏のある森の中を揺れることなく緩やかに近づいてくるそれが、木漏れ日の中で黒のロングドレスとなって浮かび上がり、一人の少女の姿となる。

プラチナブロンドの巻き毛をふわりと靡《なび》かせる、まだ幼さの残る美しい少女。

上質な仕事着を身に纏い、両手を腰の前で合わせて静々と歩くその姿は、貴人に仕えるメイドか侍女のように見えた。

恐ろしく場違いに見えるが、その感情を映さぬ鉄面皮と凍えるような青い瞳は、少女がただの人間ではないと雄弁に物語る。

「子ども？　女……？　聖女？　いや違う……その目は〝聖女〟ではない。まさか……貴様が今代の〝勇者〟かっ！」

キリアンの叫びに配下の魔物たちからどよめきが響く。

感情をなくして魔を殺すためだけの殺戮者となった勇者とは、正に目の前にいるような人形のような存在なのかと、キリアンは戦慄した。

それに対して少女は、キリアンの言葉にわずかに形の良い眉を顰《ひそ》め、少しだけ首を傾《かし》げて静かに言葉を紡ぐ。

「初めまして皆様、わたくしはとある高貴な方にお仕えする、〝ゴルゴン〟のティナと申します」

十数万もの軍勢を前にしても臆することなく、〝ティナ〟と名乗る少女はスカートの裾を指で摘まみ、わずかに腰を折る。

「……ふざけたことを。〝ゴルゴン〟？　初めて聞く名だが、それが貴様の所属している国の名か？　勇者よ」

先ほどの悪寒も相手が〝勇者〟ならば納得できる。だがそれと同時に脅えてしまった自分に怒りを覚えて少女を睨むが、そのティナは再びゆるりと首を傾げた。

「いいえ。ただの種族名ですが？」

「なるほど……、すでに『人は辞めた』と言いたいのか。だが、妾《わらわ》は認めぬ！　勇者こそ我ら魔物の天敵、魔族が倒すべき相手。勇者ティナよ！　この黒姫キリアンが勇者である其方《そなた》を討ち取り、誉れとしようぞっ!!」

魔族の師団長として、魔物の長としての宣言を聞いて、勇者の名に恐れていた配下たちも雄叫びをあげて、闘志を燃やし始めた。

「何故……」

ただ様子を見てこいと言われて、なんの様子を見てくるのか聞き忘れたティナは、とりあえず威力偵察をしていただけで『勇者』と呼ばれたことに首を捻《ひね》る。

「黒姫様！　〝勇者〟を討つのなら、我らにお任せを！」

ティナが訂正する隙もなく事態は勝手に進んでいく。

「お主らか……まあよい。やってみせよ！」

「ハハァ！」

キリアンの許しに、師団の中から飛び出した数名の男女がティナの前に躍り出る。

彼らはキリアン配下の妖魔師団の中でも、精鋭と呼べる者たちだ。もはや人の姿をしている者は少なく、中には巨人やマンティコアのような人語を話す高位の魔物もいた。

力はある。その分だけ自尊心も高く勇者を殺す栄誉を求めたが、キリアンは勇者の力を見るのにちょうど良い試金石となると考えた。

キリアンは自分の手で勇者を殺すことを諦めたわけではない。だが、いきなり自分が戦うには、ティナという勇者はあまりにも不気味すぎた。

勇者と呼ぶには幼すぎる、不気味なまでに人間味の消失した美しい少女。

見た目はただの人間に見える。だが正体の見えないそのおぞましさは、本人が言うようにもはや人間ではないのかもしれない。

その不気味さの正体を見極めるために配下をぶつけることを選んだ。

もしそれで、配下に倒されるようなら、その程度だと割り切ることにした。その程度の誉れはキリアンには必要なく、配下が倒したのなら妖魔師団の手柄であることには変わらないのだから。

「やれっ！」

キリアンの号令と共に、マンティコアを除いた五名の魔族が一斉に襲いかかる。

狼の外見に鱗《うろこ》を持つ男。両腕に翼を生やした女。一つ目の巨人。全身にトゲを生やした大男。角を生やした赤い肌の大女……。

その全員が妖魔師団の誰もが認める猛者《もさ》であり、黒姫以外で勇者を倒せるなら彼らであろうと魔族たちが歓声をあげる。

だが――。

「――――!?」

飛びかかった五人の魔族が一斉に〝金色の線〟に貫かれた。

飛び散る血潮を残して一瞬で線が消えると、飛びかかった五人はそのまま地に落ちて、ティナの手に血塗れの肉らしきものが握られていた。

その〝内臓〟のあまりの色の悪さに顔を顰《しか》めたティナが、真横に内臓を投げ捨てた瞬間、仲間を囮《おとり》に襲いかかろうとしていたマンティコアに音速を超える速さで内臓が直撃して、マンティコアはニヤけた顔のまま肉塊となって吹き飛んだ。

そのあまりの出来事に静まりかえる中、目を見開いたキリアンが掠《かす》れた声を零《こぼ》す。

「貴様……何をした」

「……つい」

やっちゃった。愛する主人のように、コトコトじっくりと痛めてから処理をすれば美味《おい》しくなるはずなのに、自分の自制心のなさにティナが無表情でへこむ。

「馬鹿な……」

だがキリアンはそれどころではなかった。

明らかに人の力を超えている。明らかに勇者の力を超えている。

これが〝真の勇者〟の力とでも言うのか？　勇者が感情をなくしてただ殺すだけの存在となるとここまで強くなるのか？

それとも……。

本人が言ったように本当に〝人〟ではないのなら……。

「……殺せぇええええええええええええええええええっ!!」

キリアンが内心の脅えを掻《か》き消《け》すように声を張り上げた。

魔物はより強い魔物に従う。その性質がある故に魔王は魔物を従えることができる。

キリアンの脅えが〝魂〟を震わせ、ただ恐怖から目の前の敵を排除するために、配下の者たちに戦いを強要した。

獣のような咆哮《ほうこう》をあげて襲いかかる魔族と魔物の群れ。

ティナがわずかに目を細めるとその瞳が〝朱色〟の輝きを宿し、その瞳に睨まれた数百もの魔族兵が一瞬で石と化す。

「あいつを殺せぇええええええええええええええええええっ!!」

喉が張り裂けんばかりにキリアンが叫ぶ。

その声に魔族兵たちがどす黒い雪崩《なだれ》のように襲いかかり、次々と石と化していく魔族を砕くように近づいてくるティナの姿に、キリアンは渾身《こんしん》の力で下半身の蛇の尾をティナへ叩《たた》きつけた。

これが本当に勇者なのか?

こんなモノが勇者の力だというのか?

そんなことはあるはずがない。

では、目の前で行使されているこの〝おぞましい力〟は、なんだ?

未知の力……未知の存在……。

無知が何よりも恐ろしい。

「――ぎゃあああああああああああああああああああっ⁉」

かつて巨象さえも一撃で弾き飛ばしたキリアンの尾の一撃が、小さな手で容易《たやす》く受け止められ、手刀で半ばから断ち切られた。

恐ろしい。おぞましい。

戦う気力も誇りさえも失い、ただ逃げようと足掻《あが》くキリアンの頬《ほお》をティナが優しく両手で包む。

「た、たすけ……」

「ああ、そうそう、訂正がまだでしたね」

キリアンの涙に濡《ぬ》れた黄色い瞳に、巻き毛を無数の蛇に変えていくティナの姿が映され、白目まで朱に染まるその目に、恐怖に脅えるキリアンの顔が映る。

「あらためて……魔界の女神に創造された、〝ゴルゴン〟のティナと申します」

魔界の女神――その言葉にキリアンはその正体を知る。

「……〝大悪魔《アークデーモン》〟……」

「はい」

キリアンの頭を潰してその魂を回収したティナは、キリアンの呪縛が解けて逃走し始めた魔族に向けて、指を鳴らす。

「皆さん、お仕事ですよ」

その言葉と共に森の中の闇という闇から滲《にじ》み出《で》るように、数百体の〝上級悪魔《グレーターデーモン》〟が現れ、逃げ惑う哀れな弱者たちへ歪んだ笑みを向けた。

――日々の糧を与えてくださる〝主〟に感謝の祈りを捧《ささ》げよ――

＊＊＊

「ユールシアさまぁ〜〜、おやつ、できたよー」

「あら、ファニー。今日のおやつは何かしら？」

王都にある屋敷の自室にてお勉強をしていた私に、ファニーがトレーに載せた私専用のおやつを持ってくる。

……悪魔でも勉強をしないと成績が落ちるのですよ。特に私は、十歳でお供を連れて悪魔《オニ》退治に行きますので、それまでに課題を済まさないと大変なのです。

でも大丈夫！　そんな大変な私に従者たちが特別な『おやつ』を作ってくれるので、毎回楽しみにしているのです。

今日の♪　おやつは♪　なんでしょね♪

「今日は、蒲焼《かばや》きだよ！」

「オゥ……」

それは、はたして〝おやつ〟なのでしょうか？　また私の中のメリケン人が目覚めかけましたが、蒲焼きに罪はないので、どんぶりに麦飯と共に盛られた特大の蒲焼き丼に箸を付ける……。

「あら、美味しい。これはウナギではないのですよね？」

「ティナちゃんがねぇ、大きな蛇を狩ってきたって言っていたよ～」

「まあ！　ヘビって美味しいのね」

そういえば、ティナに頼んだ様子見の報告がないのだけど、どうなっているのかしら……？

第四話　旅立ちとなりました

年末になり、いよいよ私たちも〝彼〟のいる魔族国へ向けて出発の準備をしております。

本来なら私も色々と忙しいはずなのですが、やたら時間があったせいで関係各所へのご挨拶はとっくに済ませておりますし、私自身の準備は従者《あくま》たちがやってくれているので、シェリーやベティーと遊んでいたくらい暇はあったのです。

出発は王城からになりますので、すでに私やノエル君はお城に泊まり込んでおりますが、まあ、私のいる場所はお城の客室などではなく、何故か王宮に存在する私専用の〝王女宮〟になります。

そこは男子禁制なのですが、例外も存在します。

たとえば、私の専属執事のノアや、お屋敷から連れてきた調理人などの使用人枠。

それと、お父様やお祖父様《じいさま》などの親族枠。ほとんど王族なので、ある意味当然ですけど。

要するに親族と使用人以外の男性は、上級貴族どころか教皇猊下《げいか》でさえも立ち入りはできません。

ですが、そこに王族以上の〝特別枠〟が存在します。

それが『勇者様』なのです。（ででん！）

「ユル様、ノエル・ラ・バルバナス卿《きょう》がいらっしゃいました」

「ありがとう、フェル。お庭にお通ししてくださる？」

「かしこまりました」

金髪メイドのフェルがニコリと微笑んで退出する。

お母様も王女宮にお泊まりしているので、ヴィオ、フェル、ミンのメイド三人娘も王女宮に来てもらっています。

でも、もう〝メイド〟でも〝娘〟でもありませんねぇ……。

格好こそティナと同じで仕事がしやすいようにメイド服を着ていることが多いのですが、三人は正式にお母様の侍女となっておりますし、そもそも……まあ、事情説明は後にしてまずはお客様のお出迎えをしましょうか。

「る……ユールシア公女殿下」

「いらっしゃい、ノエル」

心の中の葛藤をおくびにも出さず、完璧な『聖女《ネコ》』を被《かぶ》っておっとりと微笑む。

そんな私に、王女宮の中庭に通されていたノエル君が『ルシア』と言いかけて、ギリギリで言い直し、ぎこちない貴族の礼を取る。

それも仕方ありません。ノエル君も十二歳。子どもだからこそ許されていた愛称呼びも、この歳になると『婚約者』しか許されませんからね。

　それと彼の名前に『ラ』が入るようになったのは、聖王国の勇者となったことで、ノエル君個人が〝伯爵位〟を賜ったからです。

　これまでノエル君は子爵である、ば、ばる？　……熊さんの養子となった子爵令息だったのですが、親子関係はそのままに上級貴族の伯爵となりました。

　本来ならミレーヌと同じで、成人するまでは伯爵代理となるはずですが、本人が伯爵でないと貴族に甘く見られるとかなんとかかんとかあるそうです。

「それで、どうなさったのですか？」

　ノエル君も忙しいでしょう？　伯爵になって『勇者さん、ちょっとうちの娘、いい子なんで会ってくれへんか』的な、中級貴族からの訪問を断れるようになりましたが、それでも王族に守られている私よりは、会わないといけない人も多いですから。

　私がそう言って首を傾《かし》げると、ノエル君が少し困った顔をする。

「いやその、逃げてきたんだ。……シェルリンドさんから」

「あぁ～……」

　シェリー……。勇者に身の程を教えてやると意気込んでいましたが、まさか、本当に実行するとは……。

「いえ、る……公女殿下が素晴らしいことは同意するんだけど、なんか途中から話の意味が分からなくなって……」

　さもありなん。

「でも、君の友人だし、僕のことを〝勇者〟としか見ていない人より、話していて気楽なんだけど、勢いが凄《すご》くて」

「そう……」

シェリー強いな。いやホントに、聖王国の国民なら少しは勇者様を敬いなよ……。でもノエル君の言うとおり、あの子は、私のことも『聖女』とは見てこない貴重な友人なのですよ。

「それに……顔も見たかったから」

そう言ってノエル君が私から視線を外しながら頰《ほお》を赤らめた。

……はて？　まるで恋する少年のような様子ではありませんか。

だが！　ここで〝誤解〟をするようなことはありません！　以前うっかり、思わせぶりな態度をしたリックのせいで散々悩んだあげく、結局何もなかったのですよ⁉　バカヤロウ。

周りの方々も私を〝めんこい、めんこい〟言ってくれるので自意識過剰になっていた私は、自分を見つめ直して、ついに勘違いしない大人の女になったのです！

昔っから聖女大好きノエル君ですもの、うっかりモテ女気分で接したら、赤っ恥をかくに決まっています！（ポンコツ）

「……どうなさいました？」

色々考え込んでいると、いつの間にか、私を見つめていたノエル君の瞳が少し曇っていることに気づきました。しかし……ノエル君は曇り顔が似合いますねぇ。

「……僕は頼りにならない？」

「え……」

どこからそんな話になりました？

いえ？　頼りにはしていますよ？　いくら聖王国の聖女とはいえ、勇者が一緒でないと旅になんて出られませんからね。え……そうじゃない？

「公女殿下をリュドリックと一緒にあの悪魔から救い出したとき、僕は強くなったと思った。使えなかった〝光〟の力を使えるようになって、『勇者』と呼んでもらえて……やっと、君を守れるようになったと思ったんだ」

「はい」

いやはや、あのときは申し訳ない。

「でも、違った。僕は強くなっていなかった。あのとき黒い悪魔が本当の力を見せたとき、僕は君に護《まも》ってもらう、足手纏《あしでまと》いでしかなかった……」

「そんなこと……」

普通は無理だからね？　いくら力を損なっていたとしても、人間が〝彼〟の力に抗《あらが》うなんて普通はできないからね？　そんなことを考え、どう誤魔化《ごまか》そうかと手を差し伸べたそのとき。そんな私の手をノエル君が両手で包む。

「今度こそ、君を護ってみせる。あのときのように、〝ルシア〟一人を戦わせはしない」

「ノエル……」

愛称呼びと手を握るのはアウトですよ？

……しかし、こうも真《ま》っ直《す》ぐ見つめられると、本当に勘違いしそうで落ち着きませんね。

どうしましょう……と辺りを見回すと、フェルが私を見て親指を立てていました。

ちげぇよ。でもそのとき――


「――ぁあああああああああああああああああああああああっ!!」

突然、女の子の声が響いて振り返ると、そこには肩で息をしたシェリーが、私の手を握ったノエル君を指さして睨《にら》んでいました。

「し、シェルリンドさんっ」

「見つけましたわ、ノエル様っ！　わたくしの説明途中でいなくなったあげく、ユル様の手を握るような狼藉《ろうぜき》、この世のすべての神々が全知全能の慈悲をもって許そうとも、このシェルリンドが決して許しません、ええ、許しませんとも!!」

誰かっ！　お城のどこかで王妃教育を受け直しているベティー《ティマー》を連れてきて！

そうして聖王国の勇者様は、彼では絶対に勝てない難敵を前にして追いかけられるように走り去っていったのです。

「……平和ねぇ」

「ユルお嬢様……」

何故か、残念なものを見るようなフェルの視線を受けながら、用意してもらったのに手を付けられなかったお茶を飲みつつ、私はしみじみと呟《つぶや》いた。

その次の日……。

「ユールシア」

「あら、リュドリック兄様、どうなされたの？」

なんか、既視感がありますね。

お城に来ていただいた教皇猊下お爺《じい》ちゃんに個別の激励と言いますか、こっそりお菓子やお小遣いを貰《もら》って応接室から出てきた私を、同じように外からのお客様から激励を受けていたはずのリックが待ち構えていました。

リックやノエル君には、やたら美人なお嬢様やご令嬢がご挨拶に来るのに、私の激励にいらっしゃるのがお爺ちゃんばっかりなのは、何か理不尽な格差を感じます。

「其方《そなた》に話がある」

「そうですか……」

またか？　またなのか？　その気もないのにそんなだから、あちこちで女の子を勘違いさせているのですよ？

普段は他の人にも普通に笑顔で接しているのに、どうして私を見た途端に険しい顔になるのですか⁉　リックに話しかけたそうにしていたお城の女性も、気まずそうに離れていきましたよ！

「とりあえず、来てくれ」

「はい……」

リックはいつものようにいきなり私の手を……掴《つか》むことなく、エスコートするように手を差し出す。……普通に成長しているのが、なんかむかつきます。

リックの手に手を載せて、導かれるように歩き出す。

話があると言っても私たちはとても目立つので、普通に内緒話はできません。でも、こうしてお庭を散策するように歩いている途中なら、誰にも聞かれず話をすることもできるでしょう。

でも……。

「……リュドリック兄様？」

「ああ……」

なかなか話をしないリックの手が、わずかに冷たくなっていくような気がして再び声をかけると、少しの間を置いて口を開いた。

「私は……〝俺〟は弱い」

「……え？」

なるほど……王子としての言葉ではないのですね。

「最近は頑張っていると、聞いておりますけど？」

「確かに一般の騎士より強くなった。けれど俺には、其方やノエルと比較して、何かが足りていないと思い知らされた」

「でも……〝聖戦士〟でしょう？」

「ああ、そうだ。だがその力でさえも、勇者ノエルや其方のおこぼれだ。あの場面で其方を救うために、大地の精霊が仕方なく俺を選んだだけだ。俺の強さは……ノエルにも、ユールシアにも及ばない……」

「そんなこと……」

あるかもねぇ……。

大地の大精霊に加護を受けた『聖戦士』は、聖王国が王族を護るために作った〝聖騎士〟とは違う、正真正銘、勇者と共に戦う『真の戦士』の称号です。

聖王国とコストル教会の伝承を聞いたことがあります。

〝勇者〟は、光の加護を受け、民の希望となり光で照らす。

〝聖女〟は、愛と慈悲で心を癒やし、人々に正しい道を示す。

〝聖戦士〟は、鋼の意志を持って弱きものを守り、悪を討ち倒す。

要するに聖戦士は、人々の希望となって正しい道を示す勇者や聖女と違って、戦いに関することなら勇者よりも強くなければいけないわけでして……。

身も蓋もないですが、剣技の試合ならともかく、なんでもありの戦場でならノエル君のほうがリックより強いですね。

「俺は強くならないといけない。俺が〝聖戦士〟になったからじゃない。幼い頃から、俺は其方に守られてばかりだったが……」

自覚があったのですね……。

「今度は俺が其方を護ってみせる。其方の後ろにいるのではなく、今度は俺が護る」

「リュドリック兄様……」

……力の一端とはいえ、二人とも〝彼〟との邂逅《かいこう》が相当にトラウマになっているのかしら。リックもノエル君もあの戦いを経て強くなろうとしています。でもそれは〝力〟だけの話ではないのでしょう。

結局、私に護られてしまったことで、前に進む強さが欲しいのですね。

二人とも幼い頃から知っていますので、ついその頃の感覚で見てしまいそうになりますけど、やはり二人とも男の子なのですね。

あいつも……自分を見ることができれば何かが変わるような気がするのに、頑なに自分を理解しようとしない。

答えは一番近くにあるというのに……。

こんな十数年しか生きていない人間が成長しているのに、あいつときたら……。

「……ユールシア」

「はい」

そして、リックもノエル君もどんな答えを出すのかしら？

「俺は……負けないからな。ノエルにも」

「え……」

一瞬真剣な瞳でそれだけ宣言したリックは、思わず問い返すような私の呟きに答えることなく、私を置いて足早に去って行きました。

本当に……そんなだから、勘違いされるのですよ……。

私の前に現れ、必死に大人になろうと足掻《あが》く少年たち。

私が普通《ただ》の女の子ならきっと二人のような人に好意を抱くのでしょう。

彼らと関わり、そのひたむきで真っ直ぐな魂に心打たれ、その言動に魂を揺さぶられる思いをしたこともあります。

悪魔として生まれてからも人間《にんげん》のことは好きだ。他の悪魔よりも人を守護する精霊よりも、この私が一番人間を愛している。

でも、彼らと関わり、心が〝人〟に寄っても、私の中には〝悪魔〟がいた。

ああ……

「会いたいなぁ……」

私がぽつりと漏らした言葉に、周囲の者たちは少しだけ困惑して……不安そうな表情を浮かべていた。


それはともかく！　そんな感じで着々と（私以外が）出発準備をしていたのですが、少々問題と言いますか、思ってもいなかったことが起こりました。

忘れられているかもしれませんが、私とリックは王族です。王位継承権持ちの王族です。

いかに聖王国の勇者や聖女が、世界のために動く定めであることを国が認めていても、こんな私でも溺愛してくれる親族が50ゴールドぽっち渡してほっぽり出すわけないのです！

ちなみにわたくしは、お父様からお小遣いとして大金貨五十枚……日本円で五千万円ほどいただきました。

「本当にあなたたちも、ついていらっしゃるの？」

本当に良いのでしょうか……と、お母様のお顔を窺《うかが》うと、お母様は金色の髪をふわりと揺らして静かに頷《うなず》きながら彼女たちに目を向けた。

「どうしても三人はあなたの力になりたいそうよ」

「はい、ユル様。道中のお世話は私どもにお任せくださいませ」

「「よろしくお願いします。ユル様」」

私たちの旅にヴィオ、フェル、ミンの三人もついてくると言ってきたのです。

三人とも私が生まれたときからお世話をしてくれている〝お姉ちゃん〟たちなので、彼女たちも私を放ってはおけなかったのでしょう。

「でも、旦那様方は納得しているのかしら？」

そうなのです。三人ともなんと！　すでに既婚者なのです！

いつの間に……って、三人の見届け人になって祝福もしたのは私ですけどね！

考えてみれば、フェルとミンは二十代の前半ですし、ヴィオなんて二十代の半ばなのですよ！

三人とも仕事人間で、お城の騎士とか文官とかにモテモテだったのに浮いた噂《うわさ》一つなかったので、最悪は私がお婿さんを紹介しないとダメかと思っていました。

それが！　いきなり結婚します報告ですよ！　この世界だと庶民の結婚は披露宴とかなくて友人とかと食事会をしておしまいなのですが、そんなことは私が許しません。

仕方ないので、後からお婿さんたちを集めて、〝彼〟を吹き飛ばせるほどの盛大な祝福をしてあげました！　加護が多すぎて旦那さんたち寝込みましたけど！

それはさておき。

三人とも新婚さんですから、私が護るとしても完全に安心とは言い切れないので、一応、同行を思い留まれないか説得をしてみました。

「大丈夫ですよ、ユル様！　うちの旦那は今回の遠征隊の騎士隊長の一人ですから！」

「はい、ユル様。私のほうも料理人としてついてきますよ～」

「……え」

フェルの旦那さんはまだ若い騎士爵ですが、大公家騎士団、騎士隊長の一人だったりします。それにミンの旦那さんは大公家の調理人の一人で、最近〝供物〟になっていた料理はその彼が作った物だとか。

最初から計画のうちですか？　こんな斬新な新婚旅行でいいのかしら？

「私は夫より、ユル様にくれぐれも大事ないように申しつかっております」

「そうですか……」

ヴィオの旦那さんは来ませんが、彼は爺やと婆《ばあ》やの息子さんで大公家の家礼を務め、お父様のご友人でもあるお兄さんです。

……三人とも見事に身近でお相手を決めましたね。

「わたくしも三人にならユルを任せられます。身体のことさえなかったら、わたくしも母としてついていきたいくらいですのに……」

お母様、あなたもですか……って、身体⁉

「どこかお身体が？」

え？　調子悪いのならラストエリクサー並みの神聖魔法で癒やしますよ！

「いいえ、そうではないのよ。あなたがタリテルドに戻る頃には分かると思いますわ。ふふ」

「そうですか……」

よく分かりませんね。最近食事の好みが少し変わったように見えましたので、内緒のダイエットでもしているのでしょうか。

とにかくこの三人が来てくれるのはすでに決定なようです。……何故か私の希望ってあまり通っていない気がしますわ。

一応……というか念のため、三人の旦那さんに本当によろしいのか聞いてみましたら、三人とも私の側が一番安全だと……。

まあ、護りますけどねっ！　私のか弱いイメージはいつの間にかどこかへ消えました！

……はっ！　視線を感じる！

「ユールシア様ぁ……（×10）」

ええい、ブリちゃんもサラちゃんも他の子も、そんな目で見るのではありません！

うちの護衛騎士団の女の子たちも、確かフェルやミンの少し下ぐらいなので恋人がいてもおかしくないのですが、この様子だとまだダメなの？

どうするの？　私がこの子たちのお相手を探さないとダメなの？　……面倒くさい。

私が正式に『聖王国の聖女』となったせいで、この子たちも対外的には『聖女近衛隊』みたいな立ち位置になって、お強請《ねだ》りをされていた黄金魔剣は断固拒否しましたが、結局最新型の魔力剣を十本も買う羽目になりましたよ。お父様からのお小遣いが飛んでいく……。

要するにヴィオたちだけじゃなくて、王国の人間は沢山ついてくるのです。

我がヴェルセニア大公家だけでも、まずは私の従者たち四人。

聖女近衛隊の女の子たち十名。

ヴィオたち侍女とメイドが十名に、私の専属調理人、文官などがさらに十名。

大公家の騎士団が四十名とその従者七十名、兵士たちが三個中隊三百名。

その他、騎士や兵士、大荷物を運んだり各地で補給をする輜重兵《しちょうへい》、騎士団の調理人や馬の世話をする者も含めて八十名。

なんと私のお供だけで、五百二十四人もいるではありませんか！

だが！

私たちは一人ではありません！　三人もいるのです……。

王子様のリックなんてさらに酷《ひど》い。

従者や執事や侍女やメイドだけで三十名。

調理人は全員分作ることを想定して、それだけで四十名。

聖王国の虎の子、王家の近衛隊、聖騎士団十五名。

騎馬騎士隊五十名に、一般兵士一個大隊、千二百名。

それらの世話をする人たちや輜重兵、御者や下働きが百名。

リックのお供が脅威の千四百三十五人⁉

さらにっ！（ででん）

本人は伯爵でも家自体が子爵家のノエル君はそんなでもないと思いがちですが、そんなことはありません！

ば、ばる……熊さんの傭兵団《ようへいだん》はちゃっかり子爵家の兵士や騎士に再就職して擬態しているだけなので、熊さんの一声があれば、若の大事だ野郎ども、って感じで二百名の傭兵が参加するのです！

私たち三人のお供は、総勢えっと……二千人を超えるのです！

むしろこんな細かいことを覚えられない私にカンペを用意したノアを褒めてあげたい！

え……総勢、二千百五十九？　いるみたいです！（カンペ）

なんと私たち〝聖王国の勇者パーティー〟は保護者同伴なのでした！

「勇者ノエル・ラ・バルバナス卿、聖女ユールシア・フォン・ヴェルセニア公女殿下、聖戦士リュドリック・フォン・ヴェルセニア殿下、ご出陣です！」

そして出発当日、王城の正門からお披露目《ひろめ》用の屋根なし馬車《オープンカー》に乗って出発する私たちに、王都の住人……だけじゃありませんね。あちこちから集まった、埋め尽くすような観衆のあげる熱狂的な歓声が地鳴りのように響きます。

ちなみに名前を呼ぶ順番は、最初リック、私、ノエル君だったのですが、直前になってリックが恥ずかしいからと変えました。

そのせいで最初に名前を呼ばれることになったノエル君が青い顔で胃の辺りを押さえていますが、大衆にはこのほうが良いでしょう。

『勇者様ぁあああ！』

『聖戦士様ぁああ！』

そんな声にリックが鷹揚《おうよう》に手を振り、ノエル君がおどおどしながら大衆に応える。

ノエル君は早く慣れなさい。私も一度は通った道ですから、お手本をお見せしましょう！

私が微笑みを浮かべて小さく手を振ると、沢山の人たちが歓声をあげる。

『聖女さまぁあああああああああああああああっ……ぁ』

『ああ！　爺さんが興奮しすぎて、心の臓が⁉』

何をやっているのですか⁉

えーと、ええっと！　とりあえず、光在《ひかりあ》れっ！

私がテンパって神聖魔法を使うと千を超える光の大天使が現れ、集まった人々の虫歯やら腰痛やら水虫やら、とにかくなんでもかんでも治して阿鼻叫喚《あびきょうかん》の事態となり、後でヴィオやリックからガッツリとお説教を受けました。

まぁ、色々ありましたが私は元気です。

お説教中正座していたので脚が痛いだけです。

長旅となるので各々専用の馬車もありますが、まずは三人一緒でいいでしょう。王都の外に出て屋根なし馬車から大型軍用馬車に乗り換え、私たちは〝彼〟の待つ北の大地へ向かうことになりました。

それにしても……。

「結婚かぁ……」

私が北の空に浮かぶ暗雲を見ながら何気なく零《こぼ》すと、何故か男の子たち二人が微《かす》かに震えたような気がした。

ヴィオたちに感化されたわけでもありませんが、貴族令嬢として十歳を超えた私にとって、結婚は現実的な問題となっているのです。

まずヴェルセニア大公家の場合、お姉様方が他国の勇者もどきにうつつを抜かすという、とんでもないことをしたせいで、タリテルドでの貴族社会復帰はかなり難しくなっております。

本当に墓穴を掘ることにかけては、素敵すぎるほど天才的なお姉様方ですわっ！

でもそのせいで、大公家の第一公女である〝わたくし〟は、ミレーヌのようにお婿さんをとらないといけないのです。

お父様とお祖父様が私のところに来る前に止めていますけど、私には国内外問わず大量の縁談が申し込まれています。

もちろんお嫁さんに来てという人だけではなく、お婿さんに行きます的な人も沢山いらっしゃるのですが、お母様に訊《たず》ねてみると近隣国の王家だけで七件も来ているとか。

その中でも、シグレス王国王妃の伯母様から、三人の息子の誰でもいいから好きなのを選んで持っていけ的な、猛プッシュが凄いと聞き及んでおります。

息子さん、そんな扱いでいいのか。

別に国内でも国外の方でもいいのですが、良い方がいることをお祈りしていましょう。

そして、もう一つ……。

新たな選択肢があることを。

第五話　謎のお嬢様になりました

聖王国の王都ヴェルセニアを出立した私たちですが、そのまま真っ直《ます》ぐ北に向かうわけではありません。その途中に幾つも国がありますし、その国の方々も魔族《エビルレース》軍の来襲に脅《おび》えておりますので、正式に聖王国の勇者や聖女が立ち寄るとなれば、沢山のお偉いさんが会いにいらっしゃるのです。

まぁ、その前に聖王国から出るのも時間が掛かりますが……。

何しろ前回カペル公爵のところへ行ったときも一週間くらい掛かりましたっけ？　今回は二千人もいるのでさらに掛かりそう。

しかも、立ち寄るというか通る領地すべてで領民から歓迎されて、領主から是非食事を一緒に！とかお誘いがあるので、また時間が掛かるのです。

またカペル公爵のところも通るからコーデリアちゃんに捕まりそう……。

でも、最初に向かう『武装国家テルテッド』へ向かうための食料や物資は、全部カペル公爵が自費で用意してくれるので無下にはできません。

聖王国内から外に出るまで三週間……。

長くなるとは思っていましたけど、今年中に帰れるのかしら……？

バキンッ！

「そっちへ行ったぞ、ノエル！」

「わかった、リュドリックっ！」

旅の途中で現れた、三体の〝魔狼《まろう》〟。タリテルド内では一度も見ることのなかった〝魔物〟との初邂逅《かいこう》となりました。

形状的には普通の狼《おおかみ》と変わりませんね。大きさは虎くらいありますが。

こちらに気づいて一斉に襲いかかってくる三体の魔狼。即座に前に出たリックが盾で一体を受け止めましたが、知能の高い魔狼はその一体を囮《おとり》にして、二体がリックを躱《かわ》すように私とノエル君に襲いかかってきました。

「ルシアっ！」

ノエル君が私に襲いかかろうとした一体に黄金魔剣を投げつけ、まるで羊羹《ようかん》でも刺すように大地へ縫い止める。でも、その隙にもう一体が丸腰になったノエル君へ迫っていた。

「――【風刃《ウィンドカッター》】――っ！」

ノエル君の放った不可視の刃がその魔狼を切り刻み――

「ノエルっ！」

そこに最初の一体を倒したリックが追いつき、傷ついた最後の一体を斬り倒した。

『きゃあ、殿下ぁあ！』

『ノエル様ぁあ！』

『殿下、お見事でございますぞ！』

『坊《ぼん》、よくやりやしたっ！』

戦いが終わった瞬間、後方の『保護者席』から観戦していた若いメイドさんや騎士たちからの声援とねぎらいに、リックとノエル君は照れとは違う理由で顔を赤らめていました。

私は何をしているのかというと何もしていません。

正確には最初にちょろっと加護の魔法を使っただけで、あとはただニアが用意してくれた椅子に座っていただけです。

何故こんなことをしているのかと言いますと、本格的に戦闘経験の足りていない二人のためですね。ノエル君は傭兵《ようへい》団にも参加していたのでマシですが、そのときはまだ子どもだったので、前衛として戦った経験が少ないのです。

リックはあれですね。対人訓練ばっかりでまったく実戦経験が足りていない。王族ならそれで充分なのですが、今回は魔族国まで出向くので下手をしたら死にますから。

そんなわけで熊さんとこの斥候《せっこう》さんに見つけた魔物を連れてきてもらって、こうしてたまに戦闘訓練をしているのですが……

ぶっちゃけ、魔物よりカバのほうが強いですね。（真顔）

たいして役に立たない戦闘訓練でしたが、二人とも戦いというよりも〝殺し〟に抵抗があるようなので、その訓練としては役に立ちました。

私は……殺すよりも苦しんでいる姿のほうが好きなので癒やしますよ？（外道）

戦闘訓練のほうは、私が敵を適度に癒やしてあげれば長時間の戦闘になるので、斥候さんにゾウの群れでも見つけたら連れてきてと頼んだら、何故か青い顔をしていました。

それはともかく、もうすぐ武装国家テルテッドです！

聖王国にはない技術や人がいるので楽しみですね。

「ユールシア……其方《そなた》、大丈夫か？」

「はい？　この通り無事ですが、どうなさいました？」

戦闘を終えて、傭兵たちと魔狼との戦い方を話していたリックが私にそんな言葉をかけてきました。はて？　この通り座っていただけですよ？

「……この旅に出てから、其方はたまに、そうだな……変な顔をすることがある」

変なっ⁉

「ノエルも気にしている。何か思うところがあるのなら俺でもノエルでも聞くから、あまり思い詰めるなよ」

ノエル君まで⁉

まったく自覚がありませんね！　どういうことかと私の護衛として側にいたニアを見ると、彼女はどこか、『あ～……』みたいな顔をして曖昧に笑っていた。

ニアはちょっと分かるってこと？　でもその様子からだとあまり深刻そうではないのですが、どういうことなのでしょう？

ま、いいか。


そんなわけでテルテッドに到着しました！

普通に一ヵ月掛かりました！

凄《すご》いですよ、国境が砦《とりで》なんです。砦の警備隊に歓迎され、指揮官の人にどうして砦なのかと訊《たず》ねたら、格好《かっこ》いいからだと言われました。

あ、はい。大事デスね。

とりあえず、わぁ、凄いですぅ、みたいな感じで褒めてあげたら、砦の兵士総出でテルテッドの首都まで案内してくれることになりました。……国境の警備は？

話を聞くと、テルテッドでは職業兵士はほとんどいないらしくて、大部分が傭兵業と兼任しているそうです。

「ちょうど交代時期だから早めでもいい」

……とか言っていましたけど、その途中で首都のほうから〝聖王国の勇者一行〟を迎えに来た、テルテッドのお偉いさんに見つかって叱られていました。いとあわれ。

テルテッドの人は強さこそ誉れ、とか言って魔族みたいな感じかと思いましたが、格好いい鎧《よろい》を着て、強い武器を持って戦う自分に酔っているような人たちでした。

厨二病《ちゅうにびょう》かっ！

まぁ、色々な人がいますよね！

まさか……この迎えに来てくれたおっちゃんもそんな感じなのでしょうか？　ひょろひょろとしていて傭兵には見えませんが、話してみるとどうやら大臣と研究員を兼任しているそうです。

「公女殿下には是非、私の考えた最強の武器を見ていただきたい！」

あ、はい。

結局、厨二病じゃねぇか！

これが大陸最強の武装国家……恐ろしい国ですわ。

横で話を聞いていたリックやノエル君も、まったく話に参加することができずに、目が点になっていましたね。

いや、あなたたちは年齢的にどストライクなのだから、そっちで対処してくださいませ！

本来ならこのあとに、晩餐会《ばんさんかい》など用意してくれていたようですが、大臣のおっちゃんは〝そんなこと〟より自分の研究を見てほしいと、国立研究所へ連れて行ってくれました。

あのぅ……ここって、国家機密なのでは？

他国の王族に見せてもいいの？

このあと、このおっちゃんの政治的立場はどうなるのでしょう……などと心にもないことを心配しながら『空を飛んで変形合体する巨大甲冑《かっちゅう》』の研究を見学していると、晩餐会をブッチされた首相本人が息を切らして現れ、おっちゃんと激しく最強兵器について口論をしていました。

本当に恐ろしい国ですわ……。

テルテッドではそのあと収拾がつかなくなった首相と大臣が、晩餐会の代わりに武闘会を開いて私に審査員をやってほしいとか抜かしてやがりましたが、丁重にお断りししました。急ぐ旅だって言っているでしょうがっ！

それでも一晩泊まることにはなっていましたので、おっちゃんは私とリックとノエル君、それと兵士たちに分けて泊まれる場所を用意してくれました。

兵士たちは多いので最悪分散して安宿なども考えていましたが、さすがは傭兵大国武装国家。二千人の傭兵くらい泊まれる場所はあるそうです。

私は当然、最高級宿を貸し切りですよ。リックやノエル君も場所は違いますが似たような格付けの宿を貸し切るようです。本来なら分散するのはまずいような気もしますけど、この国を警戒するのなら人生でもっと大事なことがあるような気がするのですよ……。

それと希望者にはテルテッドの最新型モデルの魔力剣が割引で買えるそうです。

あれ？　ここで買えば、護衛騎士団の女の子たちの剣はもっと安く買えたっ⁉

……さてっ、気を取り直していきましょう！

私は過去を振り返らないのです！

そんなこんなで色々な国を経由しながら私たちは旅を続けました。

ですが、科学の代わりに魔術が発達した世界とはいえ、精々近代中世レベルです。あの夢で見た〝光の世界〟のような高速列車も空飛ぶ乗り物もありません。

テルテッドのような国で開発しないのかと思いますが、こちらの世界アトラは向こうと違って

〝魔物〟が存在します。聞くところによれば巨大な怪鳥もいるそうで危険極まりない。

……ひょっとしてたまに上空を飛んでいるでっかいスズメでしょうか。人懐っこく無害ですが、高いところに巣を作るらしく、王城でも対策にかなりの予算が使われているそうです。

それでなくても、旅人を見れば襲ってくるカバとかゾウの群れがいるので、高速道路を造ることすら難しいですね。

そんなわけで、ある程度速度が出る軍用馬車を使っていますが、何せ二千人以上の大所帯、とにかく移動に時間が掛かります。

国境を渡り、上の人に挨拶して二千人以上が消費する食料などを補給して通り抜けるだけでも、最低一ヵ月は掛かるのです。

北方の最前線まで、経由する国家は最短で四ヵ国……。

北へ向かえば国境が隣接することも少なくなり、各国で一ヵ月から二ヵ月を掛けて、もうすっかり馬車での生活に慣れた頃、ようやく私たちは北方へ到着しました。


「こ、こここここっ、こ、コルポともうひまひゅ！　ゆ、ゆゆゆ、ゆるゆる、ユールシアしゃまにお目にかかれて、こうえっいでっす！」

「………」

誰が〝ゆるゆる〟ですか⁉　お目にかかれて滑稽ってなんやねんっ！

会ったその場でとんでもない発言をかました小国の王子コルポくんは、真っ赤になったまま泡を吹いて倒れて、そのまま退場していきました。

「……〝癒やし〟は必要でしょうか？」

「……いえ、放っておいていただければ幸いです」

コルポくんのパパである小国の王様は、沈痛な表情でそう言って頭を下げた。

ここは、魔族との最前線である三国の一つであるコルコポ王国で、ようやく最前線に辿《たど》り着《つ》いた私たちは挨拶のために立ち寄ったのです。

お姉様方と違って、正式な勇者ご一行である私たちは、当然のように国中から歓迎を受けて、王様からお夕飯にもお呼ばれしたのですが、その息子さんは私を見た瞬間に〝ああ〟なりました。

いや、なんでやねん。

私って直視したらダメなの？　危険物なの？　年齢制限いるの？

おっちゃん連中に怯《おび》えられることはありましたが、年下の可愛《かわい》い男の子に怯えられるなんて、結構衝撃なのですけど！

若干青い顔で笑顔を張り付かせた私を慰めるように、左右からリックとノエル君が肩を叩《たた》く。

「年下を誑《たぶら》かすなよ？」

「公女殿下……自重してください」

誑かしてなんていませんよ‼　自重って何を⁉

そういえば聖王国を出る前にチラリと見た求婚者リストに、コルポくんの名前があったような気がします。……もう破談でしょうが。

まあ、いいですけど！

ちなみにこの国を拠点としたのは、コルコポ王国に最大の支援金を出しているのがタリテルドだからですね。私たちより先に出立した聖王国の軍もこちらに駐留しています。

魔族からの盾となってくれている北方の三国には、大陸中央諸国から沢山の支援金が送られ、それで自国の軍や傭兵を維持しているのです。

魔族のことがなくても魔物が北から来るので、それを食い止めることに意味がありますからね。

他に特筆する産業もないこの国は支援金で国家を運営している側面もあり、タリテルドの軍が数千人いても文句は言いません。

文句がない、というよりむしろ喜んでいる？　何しろ街を見れば、『勇者様饅頭《まんじゅう》』だとか『聖女様煎餅』だとか、そんな品で溢《あふ》れかえっていますからね。

そんなどこか緊張感のない、可愛い名前の国ですが、ここに辿り着くまで半年以上も掛かりました！　聖王国を出たとき冬だったのに、もう初夏ですよ、初夏！　夏です！

このまま何もしないで帰っても今年中に聖王国へ戻れないじゃないですか……。

まあ、二ヵ月後に控えた十一歳のお誕生日会を公務でお休みできるので、それが利点と言えば利点ですが、そういうのは家族と祝いたいのですよ！

まあ、来てしまったものはどうしようもありません……。

大陸の北と言っても夏なので暑いことは暑い。私の衣装は旅の荷物を減らす意味もあって、黒ドレスが多くなりますが、夏の黒はまた暑苦しい。

ですが、ティナとファニーが作ったこのドレスには変形機能があり、いつの間にか重ねられた布地が減って、腕や背中や胸の部分がメッシュになっていましたね。

肌面積は増えていないのですが、よく見ればうっすらと素肌が透ける、お父様が見たら叱られそうな感じになっているので、リックやノエル君が私を直視するときは顔だけ見るようにしていたので大変そうでした。

もしかしてコルポくんがおかしくなったのはこれのせい？　いやいや、まだ十歳程度で何を言っているのですかね。

……まぁいいか。

これからの私たちですが、着いてすぐに魔族国へ出立！　というわけにもいきません。

半年以上の長旅で皆も疲弊……各国で歓待を受けて、現地の名物や観光をして遊び回っていた人たちも少なからずおりますが、馬も疲れておりますし、それ以上に情報を集めなくてはいけないので、三週間は英気を養うこととなりました。

私たちも与えられたお城の客室で休息しながら、リックとノエル君は二人で剣の鍛錬などもして、私は神殿などに出向いて怪我人《けがにん》や病人を癒やしつつ、何故か新しいドレスの採寸などをしておりました。

それにしても……。

「随分と待たせてしまったわ……」

「ティナ、ファニー、お出かけする、それっぽい服は用意できましたか？」

コルコポ王国に到着して二週間。実は私、この地でやってみたいことがありました。

それは夜の街に出かけること、です！

いや、別にいけないお店に行こうとは思っていませんよ。聖王国の街は夜八時になったらほとんどのお店が閉まってしまうので、つまらないとか思ってはいません。

では、何処に出かけるのかというと、普通の酒場です。

そんなの何処にでもあるだろ、と思ってはいけません。どうしてこの国を選んだのかというと、ここが最前線だからです。

最前線である故に、この国には沢山の方々が集まっております。

大陸中央諸国が人類軍として兵を送り、テルテッドだけでなく沢山の国家から傭兵が集まるこの場所で聞けるお話には、品行方正な聖王国では手に入りにくい、信頼できる裏話や情報があるはずです。

けれどその話には嘘《うそ》や誇張も当然含まれています。そこでこの私が直に魂の揺らぎを視《み》ながら、真偽を確かめるしかないではありませんか！

夕食を終えるまではヴィオたちがお世話をしてくれますが、その後は自由時間で、私の従者が朝までお世話をすることになっています。

幼い頃は部屋を出るだけで見つかっていましたが……今は違います。ファニーの能力を使えば、誰にも気づかれずに出かけることができるのです。……すべてこのぶきっちょが悪いんや。

念のため、護衛騎士団の女の子たちのお部屋も見ましたが、みんな遊びに行ったのか、サラちゃん一人しか残っていなくて、彼女はまだ早い時間にもかかわらず熟睡していました。

「……てい」

安全だとしても、なんとなく護衛騎士団として違うような気がして、軽くほっぺをつねると、何故か『ありがとうございます』と寝言が返ってきました。

あなた……疲れているのよ。


それでは行ってみましょう！

商家のお嬢様が着る旅人、みたいな格好に着替えて、お城の窓からお出かけします。

今回はお忍びなので、そこで問題になるのが私の〝キンキラキン〟の金の髪です。これはどうしようもありませんね……。仕方がないので長い髪はポニーテールにして、聖女さま仕様のぱっつん前髪は、片側をピンで横に流しておきましょう。

……全然、問題が解決していないような気がする。

もう一つの問題はやはり年齢でしょうか。それが一番の問題だろって言われそうですが、年齢はどうしようもないではありませんか！　不思議生物のミレーヌとは違うのです！

それでも私は二つお姉さんのベティーと身長はほとんど一緒なので、十二歳くらいには見えると思うのですよ。それで大人の服装をすればもう少し上に見えるかも。

それでも十代前半……。でも、今日のお供はノアとニアの双子です。二人とも十三歳ですが背が高いので、服装で誤魔化《ごまか》せるはず。

逆にティナとファニーでは、私と並ぶと子ども三人組にしか見えなくなるので、二人には顔見知りとうっかり遭遇しないか見張っていてもらう予定です。

さて……。

魔王軍が人間国家を雑に襲撃したので、現在、北方人族国家群と魔族軍の先鋒《せんぽう》とで、倒すことも退かせることもできない泥沼状態になっていると聞きました。

そうなるとこの国に来ている兵士や傭兵たちは、すでに現地へ行って戦っている者、現地から戦いを経験して戻ってきた者、そして、情勢を見てしっかり準備をするために情報を集めている者がいるでしょう。私が今回捜しているのは準備中の人たちです。

そんな方々が集まる酒場なので、この辺りは当然のように治安が悪い。

稼いだら呑《の》む！　みたいな荒くれ者ばかりが安い酒場にたむろしておりますが、私が目を付けたのは、傭兵相手に商売をする商業ギルドが複数の商会を集って経営する、夜天酒場です。

簡単に言うと、屋台がいっぱいある野外のフードコートみたいな感じですね。

お酒の匂いでまた暴れないように気をつけましょう……。

でも、呑みすぎると失明するような酒精ばかり強い安酒を出しているわけではないので、意外とまともそうな傭兵たちが集まっているように見えました。

ふふ……なかなか愉《たの》しそうですね。

怪しげな商談をする人たちもいますし、他国の間者らしき気配も感じます。

おっと、思わず食指を向けてしまった怪しげな人たちが、ビクンと身体を震わせてしまいました。

でも、自らの魂が堕《お》ちることに躊躇《ちゅうちょ》のない人って、あまり美味《おい》しくないのですよね。小腹が空いたときに軽く摘まむ程度ならよいのですが、彼らの魂ってスカスカで旨《うま》みがないのですよ……って食事の愚痴はやめましょう。

やたらと広い夜天酒場ですが、屋台の格を見ると手前が安めで奥に行くほど値段が上がるようなので、一番奥にあるテントで屋根を張っているところへ向かいましょう。


「お嬢ちゃん、待ちなっ」

そのエリアに足を踏み入れた途端、近場のテーブルにいたごついお兄さんに呼び止められました。

これはもしかしてアレですか？

餓鬼がこんな場所に来るんじゃねぇ！　とか、ミルクでも飲んでろ的なアレですか⁉

この悪意と侮りと微《かす》かな親切心、そして隠し味程度にごくわずかに罪悪感を滲《にじ》ませたような感じは、物語でよく見る有名なアレですか⁉

私……今、絡まれている！（喜）

「はい、どうなさいました？」

そんな期待と想《おも》いを込めて顔を隠していたフードを外し、花のような笑顔で振り返ると、お兄さんはポカンと口を開けて、赤くなった顔で持っていた木のジョッキを落とした。

「あの……落としましたよ？」

「……え、あ、ぁあ……すまねぇ。なんでもねぇんだ、忘れてくれ……」

「あ、はい」

え……なんで？　そこで引き下がっちゃうの？　ほら、顔を見てください！　まだ子どもなのですよ！　こんな場所にいたら、あなたみたいな人はつい言っちゃうんでしょ⁉

ほら、横にいるお仲間さんもなんとか言ってっ！

「ゲボバァ！」

私が顔を向けたそのお仲間さんは、何故かポカンと大口を開けたまま鼻からジョッキを飲み干して盛大に噎《む》せ返《かえ》り、そのお隣の女性も、潤んだ瞳で私を見つめながら何も刺していない木のフォークを噛《か》み砕《くだ》いて呑み込んでいました。

よく見れば、私が顔を見せたテーブル周辺の人たちが似たようなことになっています。

……なんという事でしょう。私はこっそり見に来ただけですのに！

「主人様、無かったことにいたしますか？」

すんな！　ノアもそうだけどニアも剣に手をかけて何をする気ですか！

何この状況、どう収拾つけるの⁉　と思っていると、奥から近づいてくる人がいたのです。

「……何をやっているんだ」

「あ、旦那……」

困惑したようなその言葉に最初のお兄さんが振り返ると、そこには傭兵とは思えないほど身なりの良い、三十代前半ほどのお兄さんがいました。

惜しい、まだ若い！

「失礼します。この方々のお連れ様でしょうか？」

「これは、これは……」

お嬢様モードでおっとりと微笑む私に、お兄さんは驚いたように目を見開き、すぐに納得するような表情を浮かべました。

「なるほど……いや、失礼、お嬢さん。確かにこの者たちは私の連れですが、彼らの無礼をお詫《わ》びいたします。道ばたに咲く名もなき花しか愛《め》でたことのない彼らは、あなたのような至極の宝石を愛でる〝覚悟〟がなかったのです」

「まあ……」

覚悟って何⁉　初対面で私を見るのに覚悟がいるの⁉　心臓発作を起こしたお爺《じい》ちゃんだってちゃんと蘇生《そせい》しましたよ！

「お上手ですのね」

褒められているように思えませんが。

「それではお嬢さん。お詫びとしてはささやかですが、奥の席でお食事と飲み物などいかがでしょうか。面白い話もできると思いますよ」

「ありがとうございます。お受けいたしますわ」

私は彼が差し出した手にそっと自分の手を添える。

どうやら最初から当たりを引けたようですね。彼は最初から私しか見ていなかった。側にはノアとニアという私よりも年上の双子がいるにもかかわらず、最初から私だけを交渉相手と見定めていました。

「あらためて私はエルマー。テルテッドから来た鷹《たか》の目《め》傭兵団の団長をしております。お嬢様は、ここは初めてでしょうか。様々な物が揃《そろ》っておりますので、お好みの物を申しつけてください」

夜天酒場の奥は、天幕が張られているだけでなく敷物まであり、おそらく密談にも使われるのでしょうか、席同士が離れていて仕切りの幕もありました。

その中で比較的小さな八人掛けのテーブルに案内され、一人だけ席に着いた私の対面に腰を下ろしたエルマーの笑みに私もほんのりと微笑み返す。

「何か軽いものと軽い飲み物をいただけますか？」

「では、菓子類と温かな飲み物を用意させましょう。ここへはお食事以外の目的で？」

「はい。少々お買い物に」

「そうですか」

ニコリと笑みを浮かべたエルマーが給仕に菓子とお茶らしきものを頼み、あらためて私へ向き直り、さきほどとは少しだけ違った瞳を向ける。

「では、お買い物のお相手は、私で構いませんか？」

「ええ、お願いしますわ。わたくしのことはルシアとお呼びください」

……これですよ、これ！

この探り合うような会話を求めていたのです！

それにしてもエルマーは優秀ですね。そつのない行動と、この若さで傭兵団の団長をしているということは、元は高位貴族の次男か三男あたりで、実力を鍛えなければいけなかった状況にでもいたのでしょうか。

若くて渋い。ただの成り上がりではこの味は出ませんね。

エルマーはちゃんと、私が情報を買いにきた貴族令嬢辺りだと理解しています。

そうしていると給仕が焼き菓子と透き通った黒いお茶を運んできました。

「こちらのお茶はこの地方のもので、口当たりが良いので女性に好まれます。戦争が長引くと手に入れるのが難しくなりますが……」

まず、エルマーからの軽いジャブ。

なるほど……。彼はよほど私を信用したのか、それとも〝私〟が上客になると踏んだのか、情報ごとに価格をつり上げるのではなく、自分の情報に私がいくらの値をつけるのかお試しをすることにしたようです。

「魔族との争いが長引くと、特産品は難しくなりますわね。こちらはどうなっているのかしら？」

「膠着《こうちゃく》状態、と言えば聞こえは良いのですが、旧知の傭兵団が言うには、小出しに現れる魔族の部隊と、消耗戦に近い状況になっています」

「まあ」

大変ですね。確か……

「魔族軍の斥候が手を出したので侵攻の発覚が早まったのですよね」

「はい。正直、魔族軍本隊のことを考えたら、奇襲を受ければ北方国家の幾つかは落ちていたかもしれません。その後に魔族軍の一部が忽然《こつぜん》と消えた……などの噂《うわさ》もあり、正直、こちらの利になっているので、何者かの企《たくら》みがあるのかと疑う者もいます」

まあ、一部とはいえ魔族軍が消えるなんて、偶然ではあり得ませんからね。

けれども、そんな状況ならヴィオたちや護衛騎士の子たちはこの国に残しておいても大丈夫そうです。よほど危険だったら、先に帰すことも考えないといけませんから。

「そうそう、ルシアさんは〝勇者〟のことはご存じですか？」

……はい？　最低限の知りたいことを聞いて安堵《あんど》していた私に、エルマーは突然爆弾をぶっ込んできました。

「それは……この国にいらっしゃった？」

「いえ、この国に立ち寄られた『聖王国の勇者』様ではありませんよ。それ以前にこちらに現れた自称〝勇者一行〟です」

ノエル君には〝様〟を付けたエルマーは苦笑するようにそんな話題を振ってきました。

「もう少し詳しく」

「なんでも、自称勇者、エルフの神聖魔法使い、女戦士、女魔術師二人の五人組で、色々と問題を起こしたあげくに、魔王を倒すと魔族国へ旅立ったそうですよ」

……お姉様方でした。

え？　なんで？　シグレス王国に戻ったのではなくて？　カペル公爵のところでいつの間にか消えていましたが、魂が輪廻《りんね》に戻っていないと直感的に分かっていましたから、お父様にはお姉様方は元気だったと報告したのに、どうして自分から死地に出向いているの？

しかも、問題⁉　今度は何をやらかしたのですか、お姉様っ⁉

「……詳しく」

「おや、ルシアさんは興味がお有りで？」

食い気味に訊ねる私に少し引きながらも、エルマーはお姉様たちのことを話してくれました。

彼も直に会ったことはないそうですが、かなり面白いことになっていたらしく、話題の一つとして仕入れたそうです。

魔族との最前線に突然現れた自称勇者様（笑）一行を、現地の人々や傭兵たちは、『まだ春は遠いのに……』的な生暖かい目で見守っていたそうです。

それもそのはず、魔族国に近い国では時折、田舎の若者が勇者を名乗って現れることがあり、その地方では風物詩的な感じで扱われているそうです。

国家の認定を受けた正式な勇者なら、私たちほどではないとしても国家の支援が付きますので、パーティーだけで現れるなんてまずありませんから、一目見れば子どもでも分かります。

それを自分から、魔族と戦争中の最前線まで来て『勇者』を名乗るなんて……お顔の皮が分厚い方々はとても自由でいいですね。

まったく羨ましくありませんが……。

「この地には常駐している傭兵団も多いのですが、魔族と戦うとき以外は近隣住民のために魔物を狩り、肉や素材を売って稼ぎとしています。現地の住民と諍《いさか》いを起こさないための、傭兵たちの知恵ですね。ですが……」

「ですが？」

「自称勇者一行も初めの頃は魔物を狩って、その素材を売りにきていたそうです。ですが彼らは女性が多いためか高級宿に宿泊していたらしく、素材を売るだけでは資金が足りなくなり、狩人《かりゅうど》ギルドが管理している地域の一般動物も制限なしに狩り始めて、狩人ギルドと連携していた傭兵団とも険悪になっていきました」

「ほほぉ……」

なんで息をするように問題起こすかな。

まるでファンタジー物語のテンプレ主人公みたいな人たちですね。魔物や山奥ならともかくギルドの管理する場所で勝手に動物を狩ったら、問題が起きるに決まっているでしょう。狩人さんたちだって狩りをするために税金を払っているのですから。

「しかも、それに不満を持った魔術師の女性が、領主に自分たちの支援をしろと直訴したようで、しかし認定を受けていない勇者に支援はできないと言い争いになり、エルフと女戦士が役人を負傷させたことで、憲兵に追われるように魔族国へ逃げていったそうです」

「…………」

何をやっとりますか、お姉様っ⁉

まだ入院している人がいましたら、私が癒やして差し上げないといけませんね……。

「それと……」

まだありますのっ⁉

エルマーは何故か、少し面白がるように自分のグラスに果実酒を注ぎ、揺れるグラスの液体越しに私を見る。

「その犯罪者……失礼、そのパーティーの魔術師の女性が、かなりおかしな事を吹聴《ふいちょう》していましてね」

「どんなことを？」

ついに自称勇者とも言わなくなっちゃいましたね……。それと魔術師が吹聴したというのなら、気弱なオレリーヌお姉様ではなくてアタリーヌお姉様のほうですか。

「それが、聖王国の聖女様であるユールシア姫が、魔族に魂を売って、邪悪なる魔獣を呼び出したと……」

「まあ！」

惜しいですわ、アタリーヌお姉様！　正確には魂を堕落させるほうでございますよ。

やっぱり気づいているのかしら……？　もう少し品行方正に生きていれば信じてもらえたかもしれませんね！

「それとご存じですか、ルシアさん」

「なんでしょうか？」

「聖女、ユールシア姫様は、〝黄金の姫〟と称されるほどの、美しい金髪の少女だとか」

「へぇ……」

エルマーは気づいているのね。他に何人が気づいているのかしら？

そして、その事実を私へ告げて何をしようとしているのか……。

「ノア、彼に〝お代〟をお支払いして差しあげて。それでは参りましょうか」

「「はい」」

空気が変わり、私はノアに情報料の支払いを命じてニアに椅子を引いてもらう。

私相手に何かをするのなら良いのですが、今回は聖女として来ておりますから、余計なトラブルはいらないのですよ。そろそろ限界だと思って席を立つと――

「お、お待ちくださいませ、ゆ……ルシア様！」

エルマーは突如貴公子の仮面を剥《は》ぎ取るように慌てて私の許《もと》で膝をつく。

あら？　意外と勘は良いのね。でもまあ、夜天酒場の客たちが意味も分からず黙り込んでしまったほどの変化はありましたが、彼はその瞬間にすべてを投げ出して降参の意を示した。

「なんのおつもり？」

「どうかこれまでの非礼をお許しください。私はあなたと敵対するものではありません。あなたが来られたこの地に、あなたに敵意を向ける者と危険があることをお知らせしたかったのです。……ですが、少々悪戯《いたずら》心を抱いてしまいました」

エルマーは青い顔をしながらも真摯に訴える。

「まぁ、良いでしょう」

本当に限界だったのですよ？　……ノアとニアが。情報共有でもしているのか外にいるティナとファニーも結構やばかった。

この子たち、私への非礼は本当に許しませんからねぇ……。おかげで私は何もしていないのに彼らの気配だけで酒場の中がお通夜状態です。だからさっさとお代だけ払って退散しようとしていたのに、また呼び止められるとは……被虐趣味でもあるのかしら？

私がこっそり手を振り従者を止めると、威圧が緩んだのかエルマーが安堵の息を吐く。

「しかし……さすがは伝説にもある『聖王国の聖女』様ですね。お噂は聞き及んでおりましたが、まさかここまでとは……」

いや、私じゃありませんから！

でも、これも『さすがは聖女さま』で済んじゃうんですね。聖王国だけでなく、この大陸の人々の聖女に対する信頼の高さはなんなのでしょう……。

まさか、聖女に関わると自動的にゆるくなる空気でも満ちているのでしょうか。

それを考えると、唯一私に対して疑いを持っているアタリーヌお姉様が、まともな人に思えてきましたわ！

「とりあえずお立ちになってください。エルマー様のようなお方が、旅人の小娘に跪《ひざまず》いているなんて、おかしいわ」

いや、本当に目立つからやめてもらえます？

夜天酒場には喧噪《けんそう》が戻り、客たちが不思議そうに鳥肌の立った腕を撫《な》でながら首を捻《ひね》っています
が、これ以上やられるとお忍びの意味がなくなっちゃう。

本当に〝人間のふり〟をするのって大変なのですよ！

ですが、そんな私の心の叫びは彼に届かず、エルマーは膝をついたまま真剣な顔で頭《こうべ》を垂れる。

「いえ、非礼を働いたのは私です。どうかこの私に罰を！」

「……え」

ちょっと本当にサラちゃんと同じアレな趣味の人じゃないのですよね!?

どうしようかと双子に目を向けると、ノアもニアもそれが当然のように頷《うなず》いていました。

ちげぇよ、そうじゃない。

あ、そうだ！

「それなら、あなたの為《な》すべき事をなさいませ。それがあなたのためにもなります」

「それは……」

あの〝光の世界〟で読んだ物語の邪神もそんなことを言っていたような気がします。まぁ、要するに『今まで通り、好きにしていいから』をそれっぽく言っただけです。

それと情報料も渡しておきましょう！

お姉様の近況を教えてくださったので、大奮発です！

三枚……いえ、みみっちいことを言っていないで五枚にしましょう。私がノアに五本指を立てる

と、我が優秀な執事は小さく頷き、懐から取り出した黒いビロードに包まれた金銭をエルマーに手渡した。

「こ、これは……っ⁉」

「代金はお支払いしましたよ。それでは二人とも参りましょうか」

「「はい」」

中身を確かめて唖然《あぜん》とするエルマーに背を向け、私はフードを被《かぶ》り直《なお》してこれ以上騒ぎが大きくならないうちに、足早に酒場を後にしたのです。

又聞きの情報料として大金貨五枚は破格でしょう。一般家庭の年収分はありますからね！

それにしても傭兵団の団長ならその程度の金額に驚きすぎのような気もしますが、チラリと見えた布の中身が銀色のような気もしましたので、まさか、銀貨五枚を渡してその少なさに驚かれたのではないでしょうね⁉

やっべ、大公家がケチだと思われたらどうしましょう……。

＊＊＊

テルテッドの夜天酒場にて、その場にいた全員を悪寒が襲うという奇怪な現象が発生した。

それはすぐに消え、客たちは気のせいかと思ったが、その中で酒場の奥にある、天幕のある場所を占領していた鷹の目傭兵団の幹部たちは、明らかにお忍びの貴族令嬢とその従者と思《おぼ》しき異様な三人組を迎えた団長エルマーを心配して、一部の者が様子を見に行った。

鷹の目傭兵団は、とある侯爵家の庶子であったエルマーが、家名を捨てることを条件に支援を受けて作った傭兵団だ。

最初は集めた傭兵たちにも年齢が若いゆえに甘く見られることもあったが、幼い頃より家を出ることを目標に研鑽《けんさん》を積んでいたエルマーは、その実力と実行力で歴戦の傭兵たちを黙らせ、自らが団長であることを示した。

「……団長、どうしたんだ？」

団員の一人が声をかけると、奥のテーブルで貴族令嬢を迎えていたはずのエルマーが一人、テーブルの上にある黒い布を睨《にら》みつけていた。

「……ああ、すまん。少し考え込んでいた」

「あのお嬢さん、もしかしてやばい奴だったのか？」

その異様な美しさもあるがそれ以上に雰囲気が尋常ではなかった。警戒しようにもその美しさを前にすると頭が霞《かす》み、まともな思考もできなくなる。

貴族出身のエルマーならある程度の耐性はあるはずだが、それを問う団員に彼は眉間に皺《しわ》を寄せながら、黒い布地を開いた。

「思っていたよりも大物だったよ……」

「こ、これはっ⁉」

布地の中には、五枚の『白金貨』があった。

それは名の通りの白金製ではなく魔銀《ミスリル》で出来ており、その緻密な意匠と芸術性から流通も少なく、大金貨の十倍の価値があると言われていた。

だが、その価値は金銭の過多ではない。聖王国の紋章が刻まれたその白金貨は、王族が手渡すとき、その意味が変わってくる。

それは、与えた相手が自らの信を得た者だと認めるというものなのだ。

「本当に、とんでもない〝支度金〟をいただいたよ……」

しかもそれが今代どころか歴代の聖女の中で最高と言われる、あのユールシア姫から賜ったものなら、その価値は金銭に換算できるものではない。

「団長……」

「おまえら、次の仕事が決まったぞ。北の魔族国だ」

エルマーは立ち上がり、周りの者たちに晴れ晴れとした顔で宣言する。

聖女ユールシアは、これから世界を滅ぼす大いなる邪悪と戦うことになるのだろう。

彼女はエルマーに為すべき事をせよ、と言った。エルマーは、彼女が邪悪に辿り着くまで無事に送り届けることが自分の天命だったのだと悟った。

「これより、鷹の目傭兵団五百余名にこの地に集まるよう指示を出せ！　我らは全力で聖女ユールシア姫様を支援する！」

それからエルマーは自分が貯め込んだ資金を使い、自らが信を置く二つの傭兵団に白金貨を一枚ずつ渡して傭兵を集め、合わせて千名もの精鋭傭兵団が、聖女ユールシアただ一人を支援するために動き出した。

＊＊＊

また信奉者が増えてしまった気がします……。

特に何かをお願いしたわけではないので大丈夫だとは思いますが、彼らの私を映すその瞳が少しだけ私の心をざわめかせた。

彼らの瞳には、愛らしい清らかなお姫様しか映っていない。

リックやノエルの瞳にはどう映っているのでしょう？

彼らの真っ直ぐな瞳に見つめられることが少しだけ怖かった。

でも……。

「ノア、ニア。少し一人で歩いてもいいかしら？」

双子は私の言葉に少しだけ困惑しつつも頭を下げ、遠くにいたティナとファニー共々その気配が消える。

本当に優秀な子たちね。たまにポンコツになるけど誰に似たのかしら？

フードを目深に被り、私は見上げた夜空を瞳に映す。

まだ魔族の国ではないけれど、ここまで近づいたことで〝あなた〟の気配を強く感じるわ。

北の夜空に星を食らうように渦巻く漆黒の雲……。

強い怒りを感じる。果てしない絶望が見える。私たち悪魔は同じ悪魔の苦痛でさえ喜んで糧とするのに、私はあなたの痛みに少しだけ胸が痛んで……歓喜する。

ああ、感じるわ……あなたの愛《いと》おしい〝絶望〟が。

ただ私一人を求め続ける、果てしなく甘美な〝怒り〟が。

その想いが私の飢えを満たしてくれる。

あなたのその想いが、激しく私を飢えさせる。

ねぇ……知っている？

私はとても我《わ》が儘《まま》なの。

あなたは私の望む〝答え〟をくれる？

もう少し……もう少しであなたの許へ辿り着く。

もう少し……もう少しだけ……。

でも……

「……会いたいなぁ……」

人通りのない裏道に入った瞬間、私は旅人の衣装を脱ぎ捨て……〝金色の獣〟となって夜空に翼をはためかせた。

＊＊＊

「あれ……」

割り振られた城のテラスで、一人黙々と剣を振るっていたノエルは、ふと視界の隅に〝猫〟がいたような気がして振り返る。

「気にしすぎかな……」

そもそも上階にあるこの場所に猫など来られるはずがなかった。

気が張っているのか、乱れているのか、深く息を吸ったノエルはそっと目を閉じる。

閉じた瞳に浮かぶのは、綺麗《きれい》な金色の女の子。

絶望から救われ、幼い頃より憧れ、大事な人だと気づいてその傍らにありたいと願った少女。

家族を失い閉じこもっていたノエルの心に簡単に入り込んできたくせに、手を伸ばせば猫のようにするりと離れてしまう、捉えどころのない女の子。

ルシア――ユールシア・フォン・ヴェルセニア公女。

誰よりも幸せになってほしいとただ願う。

同時に誰にも渡したくないと強く願う。

この想いは……いつか彼女へ届くのだろうか。

ただ……。

ノエルはこの旅の間、ずっと気になっていた。

彼女の思いがここにないことを……。無邪気に笑って皆を笑顔にする彼女の瞳が遠くに向けられていることを。

「……ただの気のせいだ」

そう思いつつも、ノエルは愛する少女を見失わないように、ただひたすらに剣を振るい続けた。

その胸に微かな不安を宿して……。


「……ん？」

同じく割り振られた客室で、遠くから聞こえる剣の音を聞きながら本を読んでいたリュドリックは、ふとテラスを〝猫〟が横切った気がして顔を上げた。

「ノエルめ……」

友人がこんな夜更けに剣の鍛錬をするせいで気が逸《そ》れてしまったのだと、苦笑を漏らす。

剣の鍛錬は闇雲に剣を振るえばいいというものではない。休めるときに筋肉を休ませなければ怪《け》我《が》の元になると聖騎士から教わった。

だがリュドリックにはノエルが剣を振らなければ落ち着かない理由も理解できた。

同じタリテルドの王族であり、聖女である公女ユールシア。

リュドリックは彼女と出会い、初めて誰かが側にいてくれることの温かさを知った。

最初はただ親に言われ、縁戚となる子どものことを見に行く。それだけのことだった。

そこになんの思いもなく、縁戚と言っても他の子どもと同じように、自分に好奇の視線を向けるか、ただ脅《おび》えるだけだと思っていた。

初めて会った、その冷たい〝お人形〟のような綺麗な女の子は、リュドリックに脅えることなくただの子どもにそうするように、下手くそな花冠を彼に被せた。

家族以外で初めて、本当の意味で対等に、同じ目線でリュドリックの横に立ってくれた。

あの思い出の花冠は、ドライフラワーにしていまもリュドリックの部屋に飾られている。

そんな彼女の言動がおかしくなったのは、あの黒い雲が現れてからだ。

以前から不思議な言動をするユールシアだから、ほとんどの者は変化に気づいていても、明るく振る舞う彼女に合わせて気づかないふりをした。

だが、この旅を続けるうちに彼女は物思いにふける回数が徐々に増え、ふとした瞬間にどこかへ消えてしまうような、そんな言い知れない不安を覚えた。

ノエルも同じなのか、強くなるために剣を振り続けている。

「……俺も剣を振るか」

本を読んでも眠れそうにない。自分もノエルに付き合うかと剣を摑《つか》んだそのとき――

リュドリックとノエルは同時に夜空を見上げて、その瞳に金色の流星を映した。

＊＊＊

北の大地、魔王城の地下深く……〝彼〟は独り、淡い夢を見る。

眠ってはいない。悪魔は眠ることを知らない。

〝彼〟を拘束するだけの巨大な魔法陣に横たわり、傷ついた獣が癒やされるのを待つように、ただ目を閉じて魔力の回復のみに努めていた。

魔法陣の外では一人の男が死相の浮かぶ顔で、魔法陣を維持するため必死に魔力を注ぎ込んでいる。物質界の生物としては、魔力量は多いが気にするほどではない。それでも注ぎ込んだ魔力の一部は〝彼〟に流れ込み、確実にその力は戻ろうとしていた。

無理矢理《むりやり》この拘束を破ろうと思えばできた。

無理矢理この世界を蹂躙《じゅうりん》して〝彼女〟をあぶり出すこともできた。

だが〝彼〟はそれをしない。

〝彼〟が来いと言って、〝彼女〟が来るというのなら、それは必ず叶《かな》うことなのだから。

互いに嘘はつかない。

そう信じられるだけの〝絆《きずな》〟が確かに存在していた。

怒りはある。だが、憎しみはない。

こうして目を閉じているだけで、その怒りさえも薄れそうになる。

思い出すのは〝彼女〟のこと。

〝彼女〟と過ごした魔界での日々……。

最初はちっぽけな、口だけは達者な奇妙な存在だと思った。

その在り方が珍しく、面白く思い、飽きるまで飼うことにしたが、〝彼女〟はあらゆる意味で予想を超えていた。

生まれたばかりにもかかわらず多くの知識を持ちながら、〝彼〟が思いも寄らない愚かな真似《まね》をして呆《あき》れさせた。

だが……それが不快ではなかった。

脆弱《ぜいじゃく》な存在でありながら強大な魔獣《ビースト》である〝彼〟を恐れることなく、その毛皮に顔を埋《うず》めては喜び、よほど〝我〟が強いのか圧をかけても消し飛ぶことなく、それどころかそれを乗り越えるように、瞬く間に強くなっていった。

どれほどの刻《とき》を共に過ごしたのだろう……。気づけば傍らに〝彼女〟がいることが当然となり、他者から恐れられることが当たり前だった数千年の孤独が嘘のように、〝彼女〟のゆるい空気を好ましく思うようになった。

だが、多くの知識を有するが故に〝彼女〟が物質界に憧れがあることにも気づいていた。

長く共に過ごすほど……〝彼女〟のことを理解するほど、彼女が不意に消えてしまうような言い知れない思いを抱くことになった。

そんな感情は知らない。

そんな感情を知っている悪魔はいない。

だから、縛った。

〝彼女〟が消えてしまわないように、何処へも行けないように、恐怖で縛り、力で縛り、好むであろう玩具《ペット》さえ与えて〝情〟で縛った。

それでも行ってしまった。

〝人間〟のいる、光の世界へ……。

それでも憎しみはない。

ただ激しい怒りだけが、〝彼〟を内側から焦がし続ける。

その怒りが向けられるのは〝彼女〟か。それとも〝自分〟か。その怒りの理由さえ理解できず、ただ怒り暴れるだけの〝彼〟の前に、唐突に次元を歪《ゆが》めて召喚門が開かれた。

ただの偶然ではない。運命という名の必然だ。

そこから漏れる懐かしい魔力に、〝彼〟は自分の魔力を振り絞る勢いでその召喚門をこじ開けて物質界へ向かい、強引に取り戻そうとして……拒絶された。

怒りはある。

憎しみはない。

だが、手許《てもと》に戻らないのなら食い殺してでも、永遠に自分のものとする。

そして……〝彼〟はそっと目を開く。

微かに酩酊《めいてい》感のある、懐かしい甘い魔力を感じて……。

第六話　十一歳になりました

「くそっ、どういうことじゃ」

　飛行魔術で空に浮かびながら正体不明の老魔術師……魔族軍参謀ギアスは、魔物の森を睨《にら》みながら言葉を吐き捨てる。

　無謀とも言える魔族軍の一斉侵攻。奇襲をするはずだった本隊より先に仕掛けた斥候《せっこう》部隊。それらを企てたギアスの思惑通り、魔族と人族は泥沼の消耗戦を繰り広げる……はずだった。

　だが、そこで思いも寄らない誤算が生じた。

　先行して魔物の巨体により森を道として切り開くはずだった、黒姫キリアンが率いる妖魔師団の動きに乱れが生じ、その軍勢が突然姿を消した。

　知性より本能の強い魔物ゆえ、ギアスもある程度の遅延は予想していたが、二十万もの軍勢が一斉に姿を消すなどあり得ないことだった。

　確かに進軍していた痕跡はある。だがその途中で二十万の兵が消え去った。人類軍と戦ったというのなら、その痕跡があるはずだ。そこでどちらかが敗れて散り散りになったとしても、死体や敗走した兵を見つけることはできるだろう。

配下の報告を受けても信じられず、ギアスが直接現地へ出向いて調べもした。

だが何もなかった。軍が通った跡も、戦いの痕跡も、敗残兵も死体すらも、何もかもが残っていなかった。

そのせいで後続である獣魔師団や、今や民兵を吸収して最大軍勢となっている人魔兵団の進軍にも遅れが生じ、斥候を含めた先遣隊も本隊と合流するはずが先走り、人類軍に多くの犠牲を出すことなく討ち取られていた。

「おお……神よ」

嘆く……というよりもまるで慈悲を請うようにギアスが祈る。だが、最も昏《くら》き場所におわすギアスの神は、その程度で彼に助言を与えることはなかった。

その神が顕《あらわ》れるのは、契約が満たされたときだけ……それを分かっていながらも、ギアスは祈らずにいられない。

だが、ギアスの苦難はまだ終わってはいなかった。

ギアスは参謀という地位を使い、魔術を使える者を集め、自らの諜報《ちょうほう》部隊を創りあげていた。

魔族軍を効率よく泥沼の戦いに巻き込むため、直属の諜報部隊を使い、進路の誘導や敵軍の掌握、作戦の伝達などを行っていた。

だが、その配下の一部と連絡が取れなくなった。任務の性質上、ある程度の損耗は考慮していたが、それが三割を超えると話が変わってくる。

これも妖魔師団の消滅と同じものが関わっているのか？

ギアスにとってこれが最後にして最大の機会だった。この世界に望まず生まれ落ちて、百年の時を掛けて機会を窺《うかが》い、ようやく手の届くところまできた。

だがギアスの想《おも》いは届かず、またその手からすり抜けようとしている。

ここまでくるとまるで邪神の気まぐれに翻弄されているようだと、そんな暗鬱な思いにギアスは苛《さいな》まれた。


「……む」

探索を続けて夜になり、高い岩山に隠れていた月が高く昇る頃、空に浮かぶギアスの許《もと》へ近づいてくる存在に気づいた。

魔族軍の中でも空を飛べる者は、翼のある魔物や妖鳥系の血を引く魔族に限られている。だが、このような辺鄙《へんぴ》な場所で、しかも隠蔽の魔術を使っているギアスを見つけて真《ま》っ直《す》ぐに向かってくる者など、彼の〝弟子〟しかいないはずだ。

ギアスは配下の諜報部隊の中から、特に才のある者を選んで自らの弟子とした。

彼の編み出した飛行魔術を学んだ弟子たちは、その機動力を用いてギアスの手や目の代わりとなってくれている。

「何か見つけたか？」

見覚えのある黒いローブにギアスが隠蔽の魔術を解くと、近づいてきた黒い肌の魔族は少し様子が違っていた。

ギアスはその弟子の魔力量は多かったと記憶していたが、連日の飛行魔術がたたったか、艶《つや》やかだった彼の黒い肌は血の気を失い青ざめているように見えた。

「ギアス様……西…森で武装した……人間の…軍を発見……しました」

よほど疲労が溜《た》まっているのか、息切れするように弟子が報告する。

「そうか……」

だがギアスはそんな弟子を労《ねぎら》うことなく、わずかに距離を取る。

「西の森だな。お主はすぐに休め」

「いえ……私は大丈夫……です」

その弟子は師であるギアスの命に首を振り、宙を舞いながらさらに距離を詰めようとする。

ギアスはそんな弟子を睨《ね》めつけるように目を細め……。

「儂《わし》は、『休め』と命じたぞ。――【火炎槍《ファイアジャベリン》】――」

「――⁉」

突然、詠唱破棄の攻撃魔術を放たれ、躱《かわ》すこともできずにその弟子が炎に包まれた。

――だが。

「貴様、やはり憑《つ》かれておったかっ！」

炎に包まれた弟子の貌《かお》が〝獣〟のように歪《ゆが》み、燃えながらもおぞましい速さでギアスに飛びかかってきた。

「儂が教えた魔術さえも忘れたか！【顎《ジョトゥス》】――ッ！」

ギアスのオリジナル魔術が発動し、魔力の顎《あぎと》が弟子の魔族を一瞬で噛《か》み砕《くだ》いて血肉を撒《ま》き散《ち》らす。

「何があった……」

ギアスは弟子が裏切ったとは思っていなかった。もし裏切ったとしても、あのような姿になるはずがない。

だが、その考察をするまでもなく、弟子であった血煙の向こうに、影のように黒いコウモリの翼をはためかせた、美しい少女の姿があった。

「……何者じゃ」

問いかけるギアスの低い声に紫がかった銀髪の少女は、紫色のドレスの裾を指で摘まみ、歳に合わぬ妖艶な笑みを浮かべた。

「〝遊び〟に参りましたわ」

＊＊＊

ミレーヌは一年前、ユールシアの誕生会において彼女から『遊ぶ』ように言われた。

ユールシアの言葉は、生真面目な彼女が仕事をしすぎないように話した、そのままの意味であったが、生真面目なミレーヌはそれを額面通りに受け取りはしなかった。

きっとその言葉には裏がある……。

普段はのほほんとして、行き当たりばったりで、何も考えてなさそうな彼女ではあるが、あれでも魔界の神とも言われる最高位悪魔の一柱、〝魔神《デヴィル》〟であるのだから、大吸血鬼であるミレーヌになんの意味もなく『遊べ』とは言わないだろう。

それに……北の空に暗雲が立ちこめるようになってから、ユールシアの様子が少しだけ変化していることにもミレーヌは気づいていた。

ふとした瞬間に消えてしまいそうな……そんな儚《はかな》さが加わり、美しさに年齢が追いついてきたこともあって、誰も触れることさえ許されない高嶺《たかね》の花《はな》として、夜会などでも遠巻きにされることが多くなった。

あれでは彼女に想いを寄せる少年たちも気が気でないだろう。

ユールシアが聖女として魔族国へ向かうことは知っていた。ミレーヌは彼女が不在の間、聖王国を〝裏〟から管理して、彼女が愛《め》でている者を他の人外から護《まも》ろうと考えていた。

だが、ユールシアの言葉の裏を読み、考えてみれば、魔族さえ跋扈《ばっこ》するこの状況を活《い》かして、戦力を増やすことを命じているのだと思った。

ミレーヌに『遊べ』とは、彼女の庇護《ひご》下である聖王国タリテルドの外に出て、ミレーヌ自身の目で選んだ者を眷属《けんぞく》にしろということだ。

ミレーヌはユールシアが魔族国へ出立する頃に合わせて、自らも行動を開始する。

人族国家の最前線と魔族国の間では、多くの魔族と人族の傭兵《ようへい》がいた。

その中には自分で最適解を選ぶことで生き残ってきた優秀な者が多く、その中でもミレーヌのお眼鏡にかなう見目の良い者を選んで、自らの眷属に加えていった。

それから半年が過ぎ、良さそうな者は狩り尽くした後で見つけたのが、目の前にいる老魔術師だった。


「〝遊び〟に参りましたわ」


「――なっ」

老人が言葉を発する間もなく、高速で背後に回ったミレーヌがその背を爪で切りつけた。

ただ浮かんで移動するだけの魔術師とは違い、己の血と暗黒魔法を合わせた『血魔法』の翼を使うミレーヌは、鳥のように空を舞うことができる。

だが、おそらく老人は結界系の魔術を使っていたのだろう。障壁のようなものに防がれ、一撃で深手を負わせることはできなかった。

「貴様……吸血鬼か！」

「ご名答」

長く伸びた爪に付いた血を舐《な》めながらミレーヌが薄く笑う。

魔物でさえ受け入れる魔族国でも吸血鬼は受け入れられない。内側から侵食して国家ごと食らい尽くす吸血鬼は、闇の存在からも悪魔のように忌み嫌われていた。

「ふぅ〜ん……」

ミレーヌは老人などに興味はなかった。それでも悪魔たちから良質な〝血〟の見分け方を学んだミレーヌは、老人から漂うある種の〝匂い〟に興味を引かれた。

ユールシアが言うには、常に小賢《こざか》しいことを考えている老人は、熟成された旨《うま》みがあるらしい。

その辺りは食べ物に対する好みの問題だが、実際に血を舐めてこれも悪くないと思った。

けれど……。

「この血の味は……人間？」

「――!?」

ミレーヌの漏らした言葉に老人が身を強張《こわば》らせた。

どうして魔族の軍に魔族の忌み嫌う〝人間〟がいるのか分からない。だが、ミレーヌがそれを指摘すると、老人から感じられる魔力が大きくなるのを感じた。

「生かして帰すものかっ!!」

まるで命そのものを振り絞るような膨大な魔力に、たかが人間と甘く見ていたミレーヌの顔がわずかに引きつる。

「あ……まずいかも」

元々街が滅びる可能性を示す《災害級》だったミレーヌは、上質な血を見分けることで、国家が滅びる可能性を示す《天災級》の下位まで上がっている。

吸血鬼としての〝格〟も『男爵級』から『伯爵級』にまで上がり、人間でも太刀打ちできる者は本物の勇者しかいないだろう。今のミレーヌの実力は、名ばかりの〝魔王《エビルロード》〟であるヘブラートすらも越えていた。

「うぉおおおおおおおおおおおおおっ！」

それに対するギアスも、自分が今代の魔王と同等の《災害級》の下位でしかないことを自覚していた。

目の前の吸血鬼は《天災級》――その破壊の規模から〝魔王級〟とも呼ばれるバケモノだ。

見た目こそ若いが、ミレーヌが歳《とし》を経た大吸血鬼だと気づいたギアスは、悲願の邪魔をして、自らの正体にさえ気づいた存在を生かしておくわけにはいかなかった。

計画のために溜め込んでいた魔力の一部さえも解放して、ギアスは最大の殲滅《せんめつ》魔法を放つ。

「――【雷王《プラズマ》】――」

雷魔術によって負荷を受けた大気が解離し、電化した膨大なプラズマが砲撃となってミレーヌを襲う。

「あ、やば」

いつでも離脱できるように身構えてはいたが、ギアスの奥の手とも言える大魔法は、ミレーヌの予想する速度と範囲を超えていた。

勘でしかないが、あれをまともに受ければ吸血鬼の身体でも消滅すると察し、ミレーヌは避《よ》けることを諦め、全魔力を翼に集めて全身を覆うことで耐えようとした。

影と血で創られた闇の翼越しでさえ感じる強烈な光と、想像もできないほどの膨大な熱量に、ミレーヌは祈るようにぎゅっと目を閉じる。

『――ニャ――』


「きゃぁあああああああ⁉」

その瞬間、さらに膨大な〝力〟に翻弄され、翼の中で悲鳴をあげたミレーヌが、吹き飛ばされた先で恐る恐る翼を開くと、そこに帯電する〝黄金魔剣《ニャンコ》〟を持ったよく知る顔があった。

「あ、ミレーヌさまぁ、ちょっと聞きたいことがあるんですけど～」

「……は？」

いつの間にかあの膨大な熱量は消えて、雲さえも消し飛んだ夜空から暢気《のんき》な声をかけてくる、大悪魔ニアに思わずミレーヌも目を点にする。

「聞いてます～？」

「え、あ、聞いているわよ！」

ニアの姿を認め、会話をしても、ミレーヌは思わずニアを二度見する。

彼女は〝吸収〟と呼ばれる能力を持つらしいが、その力であの光を吸収したのだろうか？

「あ！　あの魔術師は⁉」

「あ～～……、あのお爺《じい》ちゃんなら転移？　どっかに消えちゃったよ～」

「はぁあ⁉」

油断していたとはいえ、一瞬死さえ覚悟させた相手を取り逃がしたことで、ミレーヌが形の良い眉をつり上げるが、それとは逆に眉を〝へ〟の字に下げたニアに気づいて、ミレーヌが小さく咳払《せきばら》いをして気を取り直す。

「えっと……聞きたい事って？」

どうしてニアがここにいるとか聞きたいことはあったが、どうせ、あの友人となった金髪悪魔が何かしでかしたのだろうと、自分よりも強い命の恩人に話を促すと、ニアはほっとしたように口を開く。

「うん。うちのユールシア様がこの前から帰ってこないのだけど、ミレーヌ様は何処に行ったか知りませんかぁ？」

「はぁあ⁉　なんですってぇえっ⁉」

＊＊＊

「……ゆ、ユールシア姫様がいらっしゃいません！」

いつまで経っても姿を見せないユールシアを心配してヴィオが様子を見に行くと、彼女に割り当てられていた部屋にその姿はなかった。

「姫様はいずこに⁉」

「ユル様ぁあ、どちらにいらっしゃいますかぁ！」

その一報を聞きつけ、女性陣とは離れた場所にいたリュドリックやノエルも駆けつける。

「ユールシアがいないだと⁉」

「彼女の従者たちは⁉」

「彼らの姿も見えません！　おそらくは……」

ユールシアが消えた。しかもその従者たちも居ないということは、突発的なものではなく、何かの目的があっての行動に思えた。

「しかし、聖女様はどこへ……」

そこに騒ぎを聞きつけ現れたコルコポ王が不安そうな顔で微《かす》かな疑念を示す。

初代聖女以来の二人目となる王家からの聖女で、歴代最高と称されるユールシアだが、まだ十歳。あと少しで十一歳になるとはいえ、一般的にはまだ子どもと言われる年齢だ。

だからこそ聖王国タリテルドも彼女が早期に旅立つことに難色を示し、出来る限り先延ばしにして、心と体の成長を待つべきだと主張した。

だが、民衆の不安や魔族の侵攻などでそのような状況でもなくなり、ユールシアは聖女として邪悪な魔獣を討伐するべく旅立つことになった。

しかし、この最前線にまで来て脅威を肌で感じたことで脅《おび》えてしまったのではないかと、コルコポ王はそう疑念を持ったのだ。

彼とて同じ年頃の子を持つ身のためそれを批難はせず、純粋に彼女を心配していたが、期待の大きさゆえ、それでもわずかに失望を覚えてしまったのは仕方のないことだろう。

「いえ、父上。ユールシア様はそのような方ではありません」

「コルポ……」

そこに父王と共に来ていたコルポ王子がその疑念を否定する。

「ユールシア様はあれほどの醜態を晒《さら》してしまった私を拒絶することもなく、逆に私を心配するような温かな視線を向けてくれました。何も言われなくても私には分かります！　そんな方が自分本位な理由で姿を消すわけがありません！」

小国とはいえ公式の場で醜態を晒したコルポ王子に、その挨拶を受けたユールシア本人がそれを慰めるような言葉を使えば、公に醜態と認めたことになる。

だからこそ、ユールシアの少し眠たそうにも見える優しい瞳で見つめられたコルポ王子は、それで救われたのだ。

「そうだな……すまないコルポ」

元から聡明《そうめい》ではあったが憧れの姫の前で醜態を晒し、許されたことで一回り成長した我が子の肩をコルコポ王が優しく叩《たた》く。

だが、ユールシアの行方は知れず、問題は何も解決していない。

聖王国の聖女であり姫であるユールシアの姿が消えたことは、ここに居る全員の責任問題にもなり得る。しかしそれ以上に、彼らは一番年下である幼い聖女の存在に、これほど依存していたのかと衝撃を受けた。

魔物や魔族という脅威に対して、まだ若い勇者や聖戦士のみならず、歴戦の騎士さえ浮き足立つ中、常に彼女だけが動じず冷静だった。

その姿にユールシアを直接知らなかった者たちは安堵感《あんどかん》を覚え、その絶大な魔力による神聖魔法によって古傷や頭皮さえも癒やされた者たちの中には、歓喜の涙を流す者もいた。

死以外のありとあらゆる状態を完全に癒やし、魔物でさえ彼女の加護を超えることはできず、その聖女ユールシアが居ないという状況は、戦場に裸で立ち向かうような不安を覚える者もいるはずだ。

正に、聖女ユールシア姫こそが勇者一行の〝希望〟だった。

眠たげな目をして、たまにおかしなことをする彼女の〝緩さ〟に救われていたのだ。

これからどうするのかと、一国の第三王子でありながらこの場で最も強い発言力を持つリュドリックに視線が集まる。

「皆の者、落ち着け」

心労でわずかに憔悴《しょうすい》しながらも毅然《きぜん》とした落ち着いた声に、その場の者たちが少しだけ落ち着きを取り戻す。

「私に少しだけ心当たりがある。ノエル、お前も気づいていただろう」

「……ええ」

リュドリックの言葉にノエルが沈痛な表情で頷《うなず》いた。

「る……ユールシア公女殿下は、昨年、あの魔獣と戦ったときから、その瞳がどこか遠くへ向けられることが多くなりました」

ノエルのその言葉に、ユールシアと関わりの深かった者たちが思い出したように目を見開く。

「普段と変わらない彼女が、ふとした瞬間にどこかへ消えてしまうような……そんな言い知れない不安を覚えた人もいるでしょう。私やリュドリック殿下もずっとそれを感じていましたが、私たちはそれを察することしかできませんでした」

「それは……」

気づいていながら察することができなかったフェルが続きを促す。

「あの魔獣は、ユールシア様を求めるような悪魔の文字を残しました。だからきっと、彼女は自分の存在が魔獣を呼び寄せるかもしれないと……」

「そんなっ！」

その言葉に周囲の者たちから悲鳴があがる。その中で何かに気づいて顔面蒼白《そうはく》となったヴィオが
ノエルとリュドリックに問う。

「それでは……ユールシア様は……」

「そうだ。ユールシアは単身で魔獣の許へ向かったのだ」

リュドリックの言葉にその場の全員が嘆き、女性たちが顔を手で覆う。

まだ十一歳にもなっていない少女が、世界の平和を願い、悲しむ民の涙を止めるため、聖女としての使命感と王女としての責任から、愛する者たちを巻き込まないように、たった一人で邪悪な魔獣と対峙《たいじ》することを選んだのだと、誰もがそう悟った。

従者たちも独りで立ち向かおうとするユールシアに無理を言ってついていったのだろう。彼らの

ユールシアへの献身を知るリュドリックは、彼らならそうすると確信していた。

だが、彼らの力を知っていてもユールシアが無事に戻ってくる確証はない。

だからこそ――

「私は……〝俺〟はユールシアを追って魔族国へ向かう」

「〝僕〟もです」

一人称を戻したことでリュドリックとノエルは、ここまでついてきてくれた全員についてこいとは言わず、個人として行動するという態度を示した。

「いえ、我々も参ります」

「私どもも想いは同じです！」

その場にいたヴィオたちユールシアの関係者はもちろん、聖騎士や騎士の指揮官らもユールシアを救いたい気持ちは同じだと同行を申し出た。

コルコポ王も自国の軍の一部と高名な傭兵団に声をかけると約束し、全員が聖女ユールシアを救うために一丸となって動き出した。

第七話　心の友になりました

魔族《エビルレース》の住まう国は昼も夜もない。

それは魔族国まで辿《たど》り着《つ》き運良く帰還できた兵士や冒険者の言葉だ。

勿論ただの比喩でしかないが、魔族国では、無残に殺された者たちの無念と腐った血肉が瘴気《しょうき》となって、大地のみならず空をも穢《けが》し、分厚い雲となって国全体を覆っている。

魔物の血を取り込んだ魔族は夜行性の者も多く、昼も夜も薄暗いこの魔族国では、必然的に昼夜は意味を無くしていた。

今この魔族国では魔獣《ビースト》が顕《あらわ》れたことで、戦える者は魔族軍となり逃げるように姿を消した。

残っているのは戦えない〝弱者〟のみ。

病人、幼児、老人、障害のある者たち。

彼らは弱肉強食であるこの国でこれまでなんとか生き延びてきた。だが、その糧となるわずかな食料や物資も元仲間たちに根こそぎ奪われ、今は街の隅で死を待つばかりとなっていた。

それでも一部の魔族はまだ諦めていなかった。

死ぬ定めを大人しく受け入れることを是《ぜ》とせず、弱者はさらなる弱者を狙い、そのすべてを奪ってでも生き延びようと、必死に足掻《あが》き続けている。

『………………』

そんな魔族たちが脅《おび》えるように息を殺し、〝それ〟が通り過ぎるのを祈るように身を隠す。

荒廃して汚物と腐肉に塗《まみ》れた魔王の城下町を、一人の〝人間の少女〟が軽やかな足取りで歩いていた。

初めて見る仕立ての良い黒地に銀糸のロングドレス。

汚れを知らない白い肌に、金の糸のようにきらめく長い髪。

人間と見れば奪うか穢すしかない魔族でさえ思わず見蕩《みと》れるようなその美しさは、神を信じぬ魔族すら、まるで初めて天使に出会った子どものような顔にさせた。

強き者がいなくなったとはいえ、この恐ろしい魔族の街へ人間の少女が足を踏み入れたなら、数歩も進まないうちに命さえも奪われてしまうだろう。

だが……誰も彼女を止められない。目を合わせることもできず、彼らはその姿に魂ごと魅了されないように隠れ続けることしかできなかった。

少女がこの城下町に現れ、わずかな時間で行われたその残忍なまでの蛮行に、魔族たちは畏怖の念を込めて彼女をこう呼んだ。

『――〝黒い悪魔〟が来た――』……と。

少女はこの城下町の惨状に眉一つ動かさず、まるで〝故郷にでも帰ったような〟柔らかな笑みさえ浮かべていた。

そんな表情がまた哀れな被害者を呼び寄せる……。

「お、おい！　そこの人間！　持っている食い物を寄越《よこ》せ！」

まだ幼い子どもたち。魔族といっても子どもはまだ危険に敏感ではなかった。下は五歳、上は八歳程度では人間とほとんど変わらない。

少女が少しだけ笑みを浮かべていたことで、人間離れしたその妖しい美貌がわずかに〝人〟に寄っていたことも災いした。

子どもたちは本能的に覚えたおぞましい〝恐れ〟を、美しい人間を初めて見た〝驚き〟だと勘違いしてしまったのだ。

「き、聞こえただろ！　飯を寄越せっ！」

子どもの声に足を止めなかった少女に、一番年かさの少年が尖《とが》った動物の骨を構えて進路を塞ぐように回り込んだ。

ああ、やめろ……とそれを陰から見ていた大人たちが心の中で叫び声をあげる。

魔族は残酷でまともな倫理観もないが、それでも生物として子どもに対して最低限の情はある。

それ故に浮浪児らしき子どもたちもギリギリで生き残っていた。

そんな子どもたちに初めて少女の金色の瞳が向けられ……

「「「――!?」」」

その目眩《めまい》がするような美貌に浮かんだ〝悪魔〟のような笑みに、子どもたちは声にならない悲鳴をあげた。

物陰から見ていた大人たちが、これから行われる惨劇に憐憫《れんびん》のまなざしを向け、目を覆う。

そして少女は手から出した〝黒い物体〟を、恐ろしい速さで少年の顔に叩《たた》きつけた。

「――んが⁉」

何が起きたのか、何をされたのか、少年はもちろん周囲の幼い子どもたちも理解できない。

ただ一番年かさで兄貴分だった少年が捕まり、何か黒い物体を口の中にねじ込まれている様子を脅《おび》えて見続けることしかできなかった。

「や、やめ、もがっ」

困惑して恐怖の表情で暴れる少年を押さえつけ、少女は乾燥して小さく丸まった物体を口の中へ押し込んでいく。

泣いても叫んでも少女は止まらない。バランスを考え、干からびた奇怪な生物も混ぜる。吞み込《のこ》みやすいように小さく千切ってあるのは少女の優しさだった。

吞み込まなければ窒息する。吞み込まなくても押し込まれて胃へ流される。

わずか数十秒でパンパンになるまで何かを胃にねじ込まれた少年は、まるで穢された乙女のように顔を手で覆ってしくしくと泣いていた。

だが、まだ恐怖は終わらない。

「「「――⁉」」」

危険を察した子どもたちが慌てて逃げ出すが、少女は素晴らしい笑顔で幼い子どもたちを捕縛すると、少年と同じように黒い物体を次々と口にねじ込んでいった。

だがすべてが終わっても恐怖に終わりはない。

食べ終わって時が過ぎ、胃の内容物が膨れ始めたときに真の恐怖が訪れるのだ。

そうしてすべての子どもたちに恐怖を与え、やりきった感のある良い笑顔を浮かべた少女が魔王城のほうへ去って行くと、隠れていた大人たちが恐る恐る姿を見せて、お腹《なか》の膨れた子どもたちを乾燥した海藻《ワカメ》の山から救出した。

ほとんど塩分など摂《と》ったことのない魔族の子どもに、塩味のきつい干物を無理矢理《むりやり》食べさせる非道な少女。

魔族たちは彼女が去った方角を見て、残された海産物を回収しながら恐怖に脅えた声で彼女をこう呼んだ。


『黒い（乾燥した塩辛い粒と）悪魔（のような干物を無理矢理食わせる酷《ひど》い奴）が来た』……と。

＊＊＊

「ああ、善いことをしましたね」

一日一善。悪魔でも善いことをすると気持ちの良いものですね。

突発的に何も考えず飛び出してきた私ですが、たまには一人でのんびりするのも必要なのだと実感しました。……そういえば、ユールシアになってからの記憶を紐解《ひもと》いても、屋敷の自室以外で一人になったことがありませんね。

完全に一人になって行動するなんて……

「……〝彼〟と出会う前以来かなぁ」

そう考えると今までどれだけ甘やかされてきたのか分かりますね。……戻ったらまた正座でお説教かも。

ちょっと方向で迷って時間は掛かりましたが、問題なく（？）魔族国へ到着しました。

魔族のお城が見えて、城下町に入ってから目立たないように歩いてきたのですが、特にお店とかもないいし、ただの巨大な集落ですね。

町に活気がない。一応、少数ですが人もいるみたいなので、声をかけてくれた痩せ細った人たちには、従者たちと作った干物をご馳走《ちそう》したのですが喜んでもらえたかしら？

ふふ……。私の目の届くところで空腹になんかさせませんよ。

私たちが作った乾燥ワカメは周囲で飢えた人がいると、自発的に這《は》いずって胃の中に入ってくれるのです！　……本当にワカメなのかしら。

そんな細かいことはともかく！　ようやく魔王城が間近に見えてまいりました！

いや～長かったね！　聖王国から半年以上掛かって、飛んだら半日なのだけど、こうしてみると感慨深いものがあります。

「ようやく来たよ……」

私は城の真下辺りから感じる懐かしい〝怒り〟に目を細める。

それにしても……。

「本当に誰もいませんね……」

町には少数ですが人はいたのに、城に近づくにつれて人の気配はさらに少なくなっています。

あいつも私と同様に圧力は抑えているみたいですが、やはり威圧感は覚えるのか敏感な人だとつらいのかもしれませんね。

それでも誰もいないのは感心しません。鈍感な泥棒に入られたらどうするつもりでしょう。ひのきの棒を持った勇者とか勝手にお城の宝箱とか開けちゃいますよ？

そんなことを考えていたらお城の門の前に〝門番〟がいましたね。

……遠近感、おかしくない？

まだ結構離れているのに、随分と大きくないですか？　いや、実際に大きかった。身長三メートル以上ある？　なんか某世紀末覇者のようにムッキムキなのですが？

その鎧《よろい》武者《むしゃ》のような大柄な人物は、近づいていった私を鋭い瞳で見下ろすと、低い声で静かに口を開いた。

「ウホッ、ウホウホウホ、ウホッ（よく参りました、愚かな人間よ。このわたくしがいるかぎり、この門が開くことなどあり得ませんわ！　ホホホ！）」

……………………………は？

なんか久しぶりに〝神霊語〟の翻訳機能が発動したと思ったら、自動翻訳がおかしくなっているみたいですね。

「ウホウホ、ウホッ、ウホホッ（何を黙っていらっしゃるの？　よく見れば貧相な人間の娘、この魔王親衛隊の長《おさ》であるドワーフ、鉄姫《てっき》フランソワを無視するなんて、どういうつもりですの⁉）」

「ドワーフっ⁉」

ついに出てきましたね、モチプルン《ドワーフ》！

しかも私も初めて見る、他国の〝お姫様〟ではありませんか！

「ウホッ、ウホウホ、ウホッウホッ（そうですわ。あなたはドワーフと会うのは初めてかしら？けれどドワーフ語を解するなんて、人間にしては褒めてあげても、よろしくてよ）」。

塩大福《エルフ》は見た目だけはまともでしたのに。

侮れないわ……モチプルン。（混乱）

「ウホウホ、ウホホッ、ウホッ（では、それに免じて、あらためて名乗らせていただきますわ。わたくしは鉄姫フランソワ。いずれ魔王《エビルロード》へブラート様の妻となる女です！）」

「まあっ！　素敵！」

魔王さん凄《すご》い！　ストライクゾーンが外野席まであるのではないかしら！

「ごめんなさいね……。わたくしも魔族の国に、ドワーフの方がいらっしゃると思ってはいなかったから……」

そう言って申し訳なさそうに目を伏せると、フランソワも巌《いわお》のような可憐《かれん》な顔で、寂しそうに目を伏せる。

「ウホ……ウホ、ウホッ（それは仕方ありませんわ。わたくしも七年前……四歳になったばかりの頃に、わたくしの美しさを妬んだ二人のお姉様に追放されてしまったのよ）」

「同い歳……」

フランソワってまだ十一歳の少女でしたのね……。

「ウホッ、ウホッウホッ（それは奇遇ですわね！　それにしてもあなた、少しお肉が足りないのではなくて？　それでは男性から好かれませんよ？　オホホホホ）」

「そうですね……もう少し成長すると良いのですが」

さすがに三メートルはいりませんが。それにしてもドワーフの女性って大きいのですね。一般的なドワーフの方は身長二メートルと聞いていましたので驚きました。

「こちらのご挨拶が遅れましたね。わたくし、ユールシア・フォン・ヴェルセニアと申します。ユールシアとお呼びください。それで魔王様のお妃候補であるフランソワ様は、どうしてこのような場所で門番を？」

「ウホウホッ、ウホホッ（それでは、わたくしのことも、ただのフランソワと呼んでもよろしくてよ。現在、魔王城の地下には恐ろしい魔獣がいて、それをヘブラート様が抑えていらっしゃるわ）」

フランソワは誇らしそうにそう言ってから、また表情を曇らせた。

「ウホホッ、ウホッ、ウホ……（魔獣を恐れてほとんどの者は離れていきましたわ。ヘブラート様も、わたくしに早くこの地を去れと。傷つくのが嫌だからって……）」

「お優しい方なのですね」

彼女なら城の下敷きになっても平気そうな気がしますが。

「フランソワ……」

私はそっと、彼女のバスケットボールのような、嫋《たお》やかな拳に手を重ねる。

「あなたは素敵な子よ。たぶん魔王様が、それを一番よく分かっていらっしゃるから、危険な場所にいてほしくなかったのよ」

「ウホ……（ユールシア……）」

ズシン……ッ。

フランソワは、三百キロはありそうな身体で膝をつき、その視線を私に合わせる。

「ウホ、ウホウホ、ウホッ（ありがとう……。救われた気がしますわ。あの……わたくしとお友達になってくださらない？　同じ歳の友達なんていなかったの……）」

「ええ、わたくしからもお願いしますわ。よろしくね、フランソワ」

「ウホッ（ええ、嬉《うれ》しいわ。ユールシア）」

私たちは手を取り合い、心の友となりました。

「ウホッウホッ、ウホホッ（あの……ユールシアの着ているドレスって素敵ね。人族の国で作られましたの？）」

最初から気になっていたのか、お友達になったことでフランソワがもじもじと、丸太のような繊細な指先で黒髪をいじる。

「ありがとう。あなたの巻き毛も素敵よ。フランソワはドレスに興味があって？」

鋳物の鉄兜《てつかぶと》かと思っていましたわ。

「ウホッ、ウホホッ（うん……でも無理ですわ。人族のドレスだと胸元がきつくて、すぐに破れてしまいますの……）」

「これは私の従者が作ったのよ。今は離れているけれど、再会できたらあなたのために余裕を持って作るよう、お願いしてみますわ」

「ウホッ、ウホホッ、ウホッゥウホッ（本当に⁉ ご、ごめんなさい、はしたなくて……でも本当に嬉しかったの。作ってくれることだけではないのよ？ お友達がそう言ってくれたことがとても嬉しくて……）」

「フランソワ……」

なんていじらしい子なのでしょう！

「ウホッゥウホッ、ウホッ（そういえばユールシアは魔王城にご用があったのでしょう？ わたくしはヘブラート様に叱られるので中まで案内はできませんが、ユールシアなら構いませんわ。……お友達だから特別よ？）」

「わぁ、ありがとう、フランソワ」

なんの問題もなく、あっさりと魔王城に入ることができました。

あとこの町にはあまり食料が無いと言うので大量の乾物を渡してあげると、フランソワは魔王城の裏手にある王宮で飼っているペットのゾウに与えるのだと、暴風のように走って行きました。

本当にいい子でしたわ。

これで……あの子に危険は及ばない。


――カツンッ。

誰もいない魔王城に、私のヒールの音が響く。

ああ、感じるわ……あなたの鼓動が。

すべてを破壊するような懐かしい怒りが……。

ねえ、あなたも感じているでしょ？

あなたを求める私の激しい想《おも》いに。

あなたを感じるままに、私は真《ま》っ直《す》ぐに地下へと向かう。

階段を下りると一段ごとにあなたの香りが強くなる。

私を求める酩酊《めいてい》感を覚える甘い香りが。

もうすぐよ……この大きな扉の向こう。

もうすぐあなたと……

喰《く》らいあえる。

第八話　悪魔の唄

「急げ！　準備ができた隊から出立する！」

「「「はっ！」」」

魔族《エビルレース》との最前線、小国コルコポの外周演習場にて、聖王国タリテルドの勇者支援軍二千と、その日に合流した人類軍先遣隊の一部三千名が、急遽《きゅうきょ》出発準備を行っていた。

勇者支援軍も数週間前に到着したばかり。合流したタリテルドの先遣隊もこの国で数日は休息するはずだったが、全員がそんな疲れなど露ほども見せず、一丸となって準備を始めている。

それもすべては聖女であり聖王国の姫であるユールシアのため。

彼らは、ユールシアが皆を巻き込まずに魔獣を鎮めるため、単身で魔族国へ向かったことを聞かされ、奮起した。

元より信心深い聖王国の民である。その中でも王家に仕えるタリテルドの騎士や兵士たちは、実質二代目となる真の聖女、ユールシアを誇りに思っている。

だがそれ以上に、彼女が四歳の頃、初めて国王陛下から自分たちの護《まも》るべき『姫』であると示されたとき、正に絵本から飛びだしたような愛らしい姫の姿に歓喜した者も多かった。

数々の逸話。聖女らしく清廉で、王女らしく嫋《たお》やかで、下々の者にも分け隔てなく接するユールシアは多くの者たちから愛されていた。

だからこそ口惜しく思う。どうして共に戦えと言ってくれなかったのか。

自分のために命を懸けろと言ってくれないのか。

彼女ならそれを絶対に言葉にしないと分かっていても、どうか自分の命を彼女のために使わせてくれと思わずにはいられなかった。


「其方《そなた》が〝鷹《たか》の目傭兵団《めようへいだん》〟の団長か」

「はい、殿下。エルマーとお呼びください」

演習場にある上級士官用の天幕にて、リュドリックはコルコポ王に紹介された鷹の目傭兵団のエルマーと対峙《たいじ》していた。

ユールシアが消えてからわずか数日で現れたエルマーを、リュドリックは疑うとまでは言わなくても怪訝《けげん》には思う。

コルコポ王が推薦するほどだから信用も実力もあるのだろう。だが、五百名規模の大規模傭兵団で、団長はその所作から貴族出身者のように見える。そんな者が傭兵団員ほぼ全員を率いてこのタイミングで現れたことは都合が良すぎた。

「殿下の懸念は当然でありましょう」

エルマーは自分でも都合が良すぎて怪しいと苦笑しながらリュドリックの思いを肯定する。

「……すまない。だがどうして貴殿は……という思いはある。理由を聞かせてもらえないか？」

「これを……」

エルマーが懐から出した布包みの中身を見てリュドリックは目を見開いた。

「これはっ」

「テルテッドにてユールシア様から託された物です」

それは聖王国の印がある白金貨だった。王族からそれを託された意味も知るリュドリックは思わずエルマーの顔を見つめた。

「姫様は私にこれを託し、『為《な》すべき事をなせ』と言われました。私はそれを使命として、信頼できる傭兵団二つに一枚ずつ渡し、合わせて千名の傭兵を集めました。ですが……」

「……ユールシアは最初から、自分がいなくなった後のことを考えていたのか」

自分は単身で魔獣と対峙するために赴きながら、一方で聖女を失い不安を感じるであろう自分たちのための戦力まで用意してくれていた。

「敵《かな》わないな……」

「ええ、本当に」

リュドリックとエルマーは顔を見合わせて自嘲気味の笑みを漏らした。

「ユールシアが貴殿に頼んだのは、民を護るためだろう。だが……」

「私どもも姫様のために働かせてください。共に姫様をお救いしましょう」

「ああ、頼む」

リュドリックとエルマーが強く握手を交わす。

だが――

交渉ごとだからとリュドリックの邪魔をせずその光景を見ていたノエルは、不意に北の方角へ顔を向けた。彼の様子に気づいた二人も次の瞬間、微《かす》かに震える大地に表情を強張《こわば》らせた。

そのまま天幕の外に飛び出したノエルは、北の暗雲を険しい顔で睨《にら》みつける。

「ルシア……」

＊＊＊

「何事だ……っ」

魔王城地下の魔法陣に魔力を注ぐことで魔獣を封じていたヘブラートは、突如、力を解放し始めた魔獣に動揺する。

これまで大人しくしていたのにどうして急に動き出したのか？　ヘブラート自身も限界が近いとはいえ、あと数ヵ月魔獣を封じることができれば、魔族の民の大部分は国を離れることができると考えていた。

「――⁉」

ヘブラートは背後から巨大な魔力が近づいてくることに気づく。

（誰だ？　魔族の師団長か？　いや……）

これほどの魔力を持つ魔族などヘブラート自身を含めて誰もいないはずだ。

唯一、可能性があるとすれば魔族軍参謀のギアスだが、彼は先日こちらを訪れたとき、まるで命を削られたかのように魔力も生命力も減衰していた。

そしてギアスは、最後の仕上げをするためにもうここへは戻らないこと、そしてヘブラートには大事な者を連れて遠くへ逃げろと忠告して、振り返りもせずに去って行った。

ならばここに現れたのは誰か。それは——

「……お前は⁉」

封印した重厚な金属扉が音もなく開き、そこから黄金の輝きを放つ一人の少女が姿を見せた。

ヘブラートに面識はない。だが、幼いながらも目を見張るような美しさと、黄金に輝くような膨大な魔力を持つ者など一人しかいない。

「今代の聖女かっ⁉」

何故、彼女がここにいるのか？　魔族たちはどうなったのか？　勇者もここまで来ているのか？

まさか聖女がここまで一人で来たとは思わず、ヘブラートが困惑していると聖女は柔らかな笑みをヘブラートへ向け、強大な魔力を解き放つ。

「待て——」

その一瞬でヘブラートはどこかの空間へ転移され、黄金の聖女は彼女を睨みつける黒い魔獣に対してニコリと微笑んだ。

「おまたせ」

＊＊＊

長い階段を下りた私を阻むのは、大きな金属の扉。

何かで封印されていたようだけど、私が触れると静電気が弾けるような音がして、静かに扉が開き始めた。

目前に広がるのは、ただただ巨大な地下洞窟。岩を削り出したような、手すりのない剝《む》き出《だ》しの階段が続き、その先に小さな城が丸ごと入るような巨大な魔法陣が広がっていた。

その中央に……私を睨みつける〝彼〟の姿……。

そのとき微かな声が聞こえた。〝彼〟の声じゃない……。〝彼〟を封じる魔法陣に魔力を注ぎ続けている、一人の魔族の姿があった。

あの人がフランソワの想《おも》い人《びと》かしら。でも……

「邪魔ね」

その呟《つぶや》きだけで魔法を創り、その人をどこかへ跳ばす。

カツン……カツン……と、黒いヒールが岩の階段を鳴らし、私は〝彼〟に微笑みかけた。

「おまたせ」

〝彼〟はそれに応えることなく立ち上がり、二股の尾を振って、自身を封じていた結界を吹き飛ばした。

慌てる必要はない。この地にはもう、私たちの邪魔をできる存在なんて居ないのだから。

「もう、身体は大丈夫？」

微かに首を傾《かし》げるようにして再び声をかけると、〝彼〟は私を見つめる銀の瞳をわずかに細めた。

『……悪魔に肉体など関係ない。そんなことすら忘れたのか』

「そうね……」

私はまた少しだけ歩を進めて魔法陣の中へ足を踏み入れる。

「久しぶりだから忘れていたわ」

私の浮かべた他意のない笑顔に、〝彼〟はわずかに牙を剝き出す。

怒ったの？　笑ったの？　きっと、どちらも、かしら。あらゆる世界で〝彼〟の表情を読み取れるなんて、きっと私だけね。

「なら聞き直すわ。私と戦えるようになった？」

まるで挑発するような言葉に〝彼〟はまた牙を剝き出し……

『お前を俺のものとする』

自分の欲望のみを言葉にした。

「そう」

私は〝彼〟を否定しない。〝彼〟のすべてを否定することはない。

ここまで真《ま》っ直《す》ぐに求められると、胸の奥が少し熱くなる。

あまりにも〝彼〟らしい言葉に私は目を細めるように微笑んだ。

——あなたの〝答え〟はそれなのね——


「私は〝私〟の好きにするわ」

だから私も真っ直ぐに自分の〝欲望〟だけを言葉にする。

悪魔の放つ〝言葉〟には意味がある。

私たち悪魔は自分の言ったことを違えない。

私たちは互いに欲望をぶつけ、妥協点を探すこともない。

「悪魔が〝我〟を通すのに言葉はいらないわ」

私の白目部分が〝黒〟に浸食され、瞳が血のような真紅に染まる。

紅水晶の牙と爪が迫《せ》り出《だ》し、身長の数倍もある巨大なコウモリの翼が羽ばたいた。

「お前を食い殺してでも、連れて帰るぞ！　……〝ユールシア〟!!」

さあ、始めましょう。

本性を解き放った私たちの魔力が物理的な暴風となって渦巻き、噎《む》せ返《かえ》るような瘴《しょう》気《き》があらゆる物を腐らせていく。

私はその渦巻く瘴気を優しく摑《つか》み取《と》るように天井へ向けて叩《たた》きつけた。

一瞬で蒸発するように腐り果てていく魔王の城。天に見える黒雲に飛《ひ》翔《しょう》し、私はその遙《はる》か高みから〝彼〟を見下ろした。

「いらっしゃい。ここは狭いわ」

＊＊＊

「……ここは？」

魔王ヘブラートは黄金の聖女によって暗い森の中へ跳ばされた。

周囲の木々の葉が黒いことからまだ魔族の領域にいることは分かる。

「……そうだ、魔獣は⁉」

ヘブラートは魔獣を封じるために魔法陣へ魔力を注ぎ続けてきた。だが、その彼がここへ跳ばされたのなら、あの魔獣を封じていた結界は意味をなさなくなるはずだ。

ヘブラートは飛行魔術を使い、暗い森から飛び出す。

聖女にどれほどの力があるのか知らないが、もし勇者と共にいたとしても、最高位悪魔の一柱である、あの魔獣と戦えるとは思えなかった。

城下街には戦うこともできない者がまだ残っている。最低限の犠牲と割り切ってはいても、ヘブラートは最後の一瞬まで民を救うために動くつもりでいた。

慌てて周囲を見回すヘブラートの瞳に、遠くにある魔王城が映る。

だがその瞬間、轟音《ごうおん》と共に大気が震え、城の上部を消し飛ばすように〝黄金〟と〝暗黒〟の二柱の光が入り交じるように天へと昇っていった。

第九話　喰《く》らい逢《あ》う

「ウホッ（な、何が起きていますの⁉）」

魔王城を中心に発生した地震の衝撃は波紋のように広がり、フランソワのいる王宮だけでなく魔族国全土を震わせた。

わずか数秒……地震とは思えない、殴りつけられるような衝撃が通り過ぎると、魔族国にいるすべての魔族は、天を覆う暗雲を見上げてこの世の終わりを見たかのように膝をつく。

可憐《かれん》なる鉄姫《てっき》フランソワも、か弱き愛ゾウと互いを守るように手を取り合い、空の暗雲で起きている超常の力に脅《おび》えていた。

「ウホ（いけませんわ。わたくしがしっかりしないと……）」

自分はいつか魔王の妻となる女で、魔王の親衛隊長なのだ。それに……新たな友人となった少女ユールシア。あんな仔ゾウよりも小さな身体で魔王城へ向かった彼女のことを思えば、一人でここを離れることなどできなかった。

「ウホホッ（ヘブラート様、ユールシア……どうか無事で）」

＊＊＊

雲一つない青い空に海のように広がる黒い雲。岩盤を上の城ごと突き破り、天へと昇った私たちは数百メートルの距離を置いて対峙《たいじ》する。

『まずはその人間の〝殻〟を剝《は》ぎ取《と》ってやる！』

〝彼〟の放つ言葉が意味のある神霊語となり、私の周囲に漆黒の稲妻を創りあげた。

でもね……〝私〟もあなたと再会してから呆然《ぼうぜん》と過ごしてきたわけじゃないのよ。

「――〝黄金の光《ひかり》在《あ》れ〟――」

私の固有亜空間から汲《く》み上《あ》げられた悪魔の魔力が、聖なる黄金の光となって広がり、漆黒の稲妻を迎撃する。

名付けるなら――

「――輝聖魔法《きせいまほう》――」

最高位の悪魔でありながら人間の身体という属性を〝人の心〟で結びつけた、〝私〟だけが使える対悪魔用の魔法よ。

『お前……』

悪魔でありながら〝人間〟の力を使う私に、〝彼〟は鋭く目を細める。

少し違うわね。光在る〝人〟の世界に憧れ、それに縋《すが》るような私に怒っているのね。

それでも私は変わらない。

「――〝黄金の光《ひかり》在《あ》れ〟――」

周囲に纏《まと》う黄金の光を纏めて黄金の弓を創り出し、それから放たれる数百もの矢が〝彼〟を襲う。

『ゴォアアアアアアアアアアアッ‼』

〝彼〟も漆黒の稲妻を生み出し、黄金の矢を迎撃する。

『舐《な》めるな、ユールシア‼』

小手先の技など使わず、〝彼〟は稲妻の密度を増して、迎撃するだけでなく私ごと呑《の》み込《こ》もうとした。

「……〝昏《くら》き夜空〟……」

指で摘まんだ黒いドレスの裾が広がり、銀糸が星のように舞い、青い空を切り裂くように生み出された〝昏き夜空〟が、漆黒の稲妻を呑み込むように吸い込んでいった。

『…………』

それを見た〝彼〟が微《かす》かに笑う。

あんにゃろう……。

対悪魔用の輝聖魔法でもあの規模の破壊は防げず、悪魔本来の力を使わなくてはいけなかった私を〝彼〟は笑ったのだ。

でも、それほどまでに〝私〟と〝彼〟の間には力の差が存在する。

多少の弱体化など関係ない。たとえ魔力が尽きたとしても〝彼〟が自分の存在が消えるのも構わず私を滅ぼそうとするなら、それを止める手立てはない。実際に魔界での〝彼〟は敵に対して引くことはなかった。

でも……今は、私と再会したことで〝魔獣〟としての獰猛《どうもう》さよりも私を求める〝彼〟としての意識が強くなっている。

私にはそれを利用するしか勝機はないのだけど……なんか、嫌だなぁ。

『……………』

微かに笑みを浮かべる私に〝彼〟が少しだけ顔を顰《しか》める。

ごめんね。バカにしたわけじゃないのよ。ただ……互いの我《わ》が儘《まま》で殺し合うのに、あなたに対して小賢《こざか》しい私が馬鹿らしくなっただけ。

私が〝彼〟に使える切り札は一つだけ。その一つだけで私は〝彼〟に立ち向かう。

『ゴォオオオオオオオオオオオオオオオオオオオオオオオオオオッ！！！』

睨《にら》み合《あ》うことに焦《じ》れた〝彼〟が『黒い嵐』を召喚する。

一瞬にして青空が漆黒に切り刻まれ、私はそれに対抗するように輝聖魔法を唱える。

「――〝黄金の光在《ひかりあ》れ〟――」

黄金に輝く盾が形成され、黒い嵐とぶつかり合う。けれど、私と〝彼〟の力量の差から、徐々に盾が砕かれ、私にもダメージが来始めた。

本気で私を逃がすつもりがないみたい。

そんな彼の想《おも》いが嬉《うれ》しくて、私は切り刻まれながら笑顔を浮かべる。

『舐めるなと言ったぞ!!』

「舐めてなんていないわ」

私の笑みが気に入らなかったようね。でも……。

「私はあなたに知ってほしいだけ」

私はあなたの所有物じゃない。

私は対等になりたい。

でも、そのためには……

「あなたの本当の〝言葉〟が聞きたいの」

私の言葉を伝えるために。

バキィンッ!!

砕かれた黄金の盾を身に纏うように、私は新たな輝聖魔法で創り出す。

黄金の光が物質化した羽毛となって、私の悪魔の翼を天使の翼に変える。

「――〝黄金の翼〟――」

『何っ!』

私の取り柄は〝迅《はや》さ〟しかない。小さな身体と大きな翼で魔界最速と言われた私は、黄金の羽毛すべてから黄金の魔力を噴き出すことで、これまでの限界さえも超え、〝彼〟の稲妻さえも躱《かわ》してみせた。

さあ、壊し合いましょう。

＊＊＊

ゴォオオン……ゴォオオオオン……。

「……この世の終わりじゃ」

暗雲から響く山がぶつかり合うような轟音《ごうおん》に魔族の老人がそう呟《つぶや》き、魔族国に残ったすべての魔族は逃げることすらせず、暗い空を見つめ続けた。

魔王城を吹き飛ばして昇っていった〝漆黒〟と〝黄金〟の二本の柱。

雲を切り裂く瞬く光と黒い稲妻は、その一つが気まぐれに落ちただけで山が砕け、丘が抉《えぐ》れ、黒い森は腐り果てた。

この世界にもう逃げ場はない。

暗雲の上で行われている神々の戦いが終わりを告げるまで生き残れるか、それは神の気まぐれに縋るしかなく、魔族たちは老人も幼子も弱者も強者も我知らず膝をつき、祈るように天を見上げることしかできなかった。

＊＊＊

黒い嵐の中を切り裂くように黄金の翼をはためかせて〝彼〟に迫る。

『ユールシア!!』

「始めましょう!!」

私は輝聖魔法で創り出した黄金の爪を振るい、〝彼〟を傷つける。

黒い血煙が舞い、〝彼〟は一瞬躊躇《ちゅうちょ》しながらもその爪で私を傷つける。

獰猛な魔獣である〝彼〟がその爪や牙を振るうことなく稲妻や嵐を使っていたのは、無意識に私を〝壊す〟ことを恐れていたから。

悪魔にも感情はある。平和などという形のないものを求めて心を無くした〝神〟とは違い、私たち悪魔は自分自身の感情を偽らない。

『ユールシアぁあああああああああああ!!』

傷つき傷つけるごとに〝彼〟は本性を剝《む》き出《だ》しにして私の腕を食い千切り、私は瞬時に再生した腕の爪で〝彼〟の顔面を抉り、その血肉を喰《く》らう。

「まだよ」

憎しみでもなく、怒りでもなく、ただ微笑むような笑みを浮かべて血塗《ちまみ》れになる私に〝彼〟の瞳がわずかに揺れた。

悪魔は自分を偽らない。悪魔は感情を偽らない。

それなら何故、私を壊してでも連れ帰るはずのあなたが、私を〝壊す〟ことを恐れているの？

あなたのその感情は何？

その相反する想いは何？

このままだと私は消えちゃうよ？　それでもいいの？

……さっさと吐けよ。

本当に食い殺すぞ、バカヤロウ。

『……ガァアアアアアアアアアアアアアアアアアアッ!!』

私の捨て身の猛攻に〝彼〟が吠《ほ》えるように牙を剝く。

傷ついてボロボロになった私ではその一撃に耐えられず、きっと消滅する。

私はそれでもいいのよ？　それがあなたの望みなら。

でもね……。

い、い、違うでしょ。

『――!?』

その瞬間、私は〝金色の獣〟に変わる。魔界での懐かしい日々。あなたが求めたもの。

別に私は〝魔獣《ビースト》〟である姿を捨てて〝魔神《デヴィル》〟になったわけじゃない。ただどちらも本当の〝私〟だと知ってほしかった。

――轟《ごう》ッ!!

次の瞬間、一瞬だけ昔の目に戻った〝彼〟の横っ面を渾身《こんしん》の力で張り倒した。

力の抜けた一瞬を張り飛ばされた〝彼〟は自分自身に困惑するように、自分の鼻先に乗った私を見上げた。

『最後に聞くわ。私が欲しい？』

『………………』

ネコの姿のまま据えた目で見下ろす私に〝彼〟は言葉に詰まる。

ここで私が欲しい言葉をくれないのなら、互いが滅びるまで殺し合いましょう。

そんな想いを威圧に変えて見下ろす私に、〝彼〟はたっぷりと時間を掛けてぼそりと呟いた。

『……お前だけがいればいい』

『ふぅ～ん……』

私を自分のモノにするのではなく、私がいればそれだけで満足なのね？

私が望んでいた〝言葉〟とは少し違うけど……これが精一杯でしょうね。

「それなら〝私〟のものになりなさい」

人の姿に戻り、私は彼の頬《ほお》に両手を添えて、〝彼〟の名を口にする。


「――〝凜涅《リンネ》〟――」

あなたの色。凜《りん》とした涅色《くろ》――それが、私が贈ったあなたの名前。


『――!!』

唐突に〝名付け〟を受けたことでリンネが硬直する。

それと同時に私の魂にも締め付けられるような強烈な痛みが襲ってくる。

悪魔に名付けをできる悪魔は〝人〟の属性を持つ私だけ。

それでも、〝魔獣《ビースト》〟と〝魔神《デヴィル》〟の力を持つ私ですら、〝彼〟ほどの力を持つ存在に名を付ければ、自分の存在が消えてしまう可能性があった。だからひっぱたいて、ぶんなぐって、屈服させる必要があった。

あなたのすべてを私に渡しなさい。

その代わり、私の永遠をあなたにあげる。

だから――

「私だけのモノになれっ！」

そう声をあげた瞬間、身体の痛みが消えて、あれほど荒れ狂っていた黒い嵐も暗雲ごと消し飛んでいた。

『……とんでもない奴だな』

ゆっくりと……雲よりも高い場所から力尽きたように落ち始めた私に、リンネが呆《あき》れたような声で優しい瞳を向けてくる。

『ユールシア……』

「うん、リンネ」

名前を呼び合うことが少しだけくすぐったく感じる。

『本当に無茶《むちゃ》をする。だが、お前は……ユールシアはそれでいい。〝魔獣《ビースト》〟と〝魔神《デヴィル》〟……お前は最も自由な悪魔だ』

リンネは言う。

この世の存在は、たとえ悪魔でも神でも必ず何かに束縛を受ける。

人間は法や寿命に縛られ、悪魔や神は世界の理《ことわり》に縛られる。

その中で幾つもの属性を持つ私は、最も自由な存在だとリンネは言った。

沢山の属性を持てば一番縛られそうな気もするけど……。

『お前はそれを束縛とは思っていないからな』

「そうね……」

考えなしと言われているような気もするわ。

たまには束縛してくれてもいいのよ？

でも、〝魔獣《ビースト》〟はなんとなく分かるけど、〝魔神《デヴィル》〟とはなんなのでしょう？

もう一人、あの自称『お兄ちゃん』もそう。最近は訳の分からない〝異界の知識〟を送ってくることもないけど、どうしたのでしょ？

『俺はお前のモノだ。ユールシア』

「私はあなたのモノよ。リンネ」

それは私たちの魂に刻まれた〝誓い〟の言葉。

刻《とき》を待つように空が明るくなり、私たちに食い尽くされた瘴《しょう》気《き》の雲が晴れていく。

その光の中を私たちは寄り添うようにゆっくりと地表へと降りていった。


あ……下にいる人たちへの言い訳はどうしましょう？

＊＊＊

魔族国に取り残された人々は、全員が呆《ほう》けた顔で空を見つめていた。

天上の戦いとも言える超常の争いが終わり、魔族国を覆っていた怨嗟《えんさ》の雲に穴が穿《うが》たれ、そこから太陽の光が柱のように降りそそいでいた。

世界の終わりかと思っていた。少なくとも魔族国は滅びると誰もがそう考えていた。

世界という枠組みを生かすために捨てられ、犠牲となった者たちの末裔《まつえい》……。

生きるために魔物の血さえ取り込み、人型の魔物……魔族《エビルレース》と罵られ、他者から奪い殺すことでしか生きることができなかった存在。

自分たちはそれほどの罪を犯したのか。その罪は永遠に消えることはないのか。

誰もが享受できるはずの太陽の光さえ身に受けられないことが、罪の証なのだと、その心に刻みつけられていた。

だが……。

その罪の証を否定するように穴が穿たれた。

そして魔族たちは目撃する。

穿たれた光の柱の中を、ゆっくりと降りてくる恐ろしい魔獣……それを従えた、黄金の髪に、黄金の翼をはためかせた、光り輝く〝天使〟の姿を。

人々はその姿を見上げ続ける。

雲に穿たれた穴が広がり、千年も晴れたことのない怨嗟の雲が浄化されるように消えていく。

弱者故に外の世界を見ることもなかった残された魔族たちは、初めて見る遥《はる》か彼方まで続く青空と、恵みを与えてくれる暖かな太陽の光に、我知らず涙を流していた。

罪は消え去ったのだ。自分たちの犯した罪は消えない。けれど、先祖から続きこれからの子孫へも続くはずの〝罪〟は消えたのだと、〝誰か〟に許された気がした。

「……神よ……」

誰かがそう呟く。それは誰かの言葉であり自分自身の声でもあった。

魔族にとって『神』とは敵でしかなかった。神など存在しない。そう信じて生きてきた魔族にとって、初めて自分たちを許してくれる本当の〝神〟が現れたのだと、天を仰ぎ跪《ひざまず》いてただ歓喜の涙を流し続けた。

第十話　偶像になりました

「……お、治まったのか？」

魔族国、魔王城の真後ろにある王宮にて、宝物庫を物色していた勇者アルフィオは、度重なる地震に建物が崩れないかビクビクとしながら天井を見上げる。

元々地震の多い国の転生者ではあるのだが、ただ石を積み上げたような建物に不安を覚えて落ち着かない。逆に魔法のある世界で、それに触れる機会が多かった貴族や傭兵《ようへい》である仲間たちのほうが冷静だったくらいだ。

アルフィオたち勇者一行は非公認であるが故に北方国家の支援が受けられず、一般常識の違いから意図せず罪を犯したことになり、自身の潔白を証明するために魔王《エビルロード》を討つべく魔族国へ向かうことになった。

だが問題は、アルフィオたちはとても運が良く、とてつもなく運が悪かったことだ。

唐突に始まった魔族軍の一斉侵攻により、魔族や危険な魔物が散らばらずに集まっていたこと。

そして謎の勢力による突出した魔族軍の消失などがあり、アルフィオたちは強敵と遭遇することもなく魔族国に辿《たど》り着《つ》いてしまった。

その分、食料や物資を敵から奪うこともできなかったが、幸運なことに、何故か石像だらけの村から食料を拝借することができた。

北方では、周期的に自称勇者が現れ、魔王を討伐すると言って魔族国へ向かっていく。

だがその大部分は、その途中で危険な魔物に襲われ命を落とし、魔族軍と遭遇して逃げ出し、気の良い獣人の集落で諭され、肩を落として生まれた村に戻ることになる。

一方、国家に認定され使命を得た勇者は、その危険を糧として力を増し、出会いと別れにより心を成長させ、敗北で心を折られることなく本物の勇者に成長していく。

だがアルフィオたちは、危険に会うこともなく、出会いもなく、敗北もなく、ただ逃げ出したように出立したことで使命感もなく、なんの苦労もなく、時折ベッドが恋しいとか愚痴を漏らす程度で、あっさりと魔王城へ辿り着いてしまった。

「……ねぇ、アル」

「どうした、チェリア？」

戦士チェリアの呼びかけにアルフィオが振り返ると、聖印が施された年代物の長剣を複雑そうな表情で棚に戻した彼女は、眉を顰《ひそ》めるように彼を見る。

「いくら魔族の蔵でも、人類軍が残した遺品を勝手に使ったら盗みにならない？」

「……え」

思いも寄らないことを言われたアルフィオは思わず素で返してしまい、若干視線を泳がせながらも爽やかな笑顔を浮かべてみせた。

「な、何を言っているんだよ。勇者が魔王と戦う前に、魔王の城で新しい装備を得るのは当然のことさ！　これは世界平和のためなんだから！」

とにかく魔王城まで苦労もなしに辿り着いてしまった。

それどころか魔王城へ近づくごとに稀《まれ》に遭遇していた魔族も弱くなっていった。城下町の周辺になると襲ってきた魔族は武器もなく痩せ細り、アルフィオが軽く剣を振るっただけで倒せてしまったほどだ。

だが、魔王城の門を護《まも》っていた戦士だけは明らかに別格だった。

身長は軽く三メートルを超え、長身のアルフィオほどもある無骨な鉈《なた》を小刀のように携え、巌《いわお》の如き相貌から鋭い眼光で周囲を威圧する威風堂々とした姿を見たアルフィオたちは、その戦士こそ魔王だと考え、戦うこともなく撤退した。

おそらく魔王と戦う前に〝パワーアップイベント〟があると考えたアルフィオは、くまなく周囲を探索し、そこでこの王宮にある宝物庫を発見した。

だが、ただ魔王が寝泊まりするだけの古い宮殿に、装備しただけで強くなるような便利なアイテムなど存在しない。そもそもそんな物があれば誰も苦労はしない。

魔王を倒しにきた者たちが残した武器や装備も、使える物は魔族の戦士たちに下賜され、ここにある物は見た目だけは立派な、装飾だけを気に入られて置かれていた物ばかりで、宝物庫の実質はただ広いだけの物置に近い。

「ほら、チェリア！　これはまだ使えるぞ。遺品だって俺たちに使われたら本望さ」

「あ、うん……」

アルフィオから手渡された銀の装飾がされた片手剣を、チェリアは複雑な表情で受け取る。

魔銀《ミスリル》でもない銀の武器など、何に使えるのだろう？〝まだ使える〟という武器で何を倒そうとしているのか？

チェリアの記憶でも、アルフィオはあまり理解できない理屈で相手の武器を奪ってきた。

幼い頃より強く、色々なことを知っていた年上の幼馴染《おさななじみ》である彼に憧れ、ずっと淡い恋心を抱いていたチェリアは、彼のすることに違和感を覚えながらも、彼がするのだからそれが正しいことなのだと思い込んできた。

そこが戦場ならよい。利害のぶつかり合う戦争なら敵対した相手から武器を奪うのも合法だ。相手が犯罪者ならそれらを使うことも奪うことも許されている。

だが、盗品となると話は別だ。犯罪者が自分の物として使っていても正当な持ち主がいる盗品を奪えば着服となる。ほとんどの持ち主は所有していた証拠を提示できず泣き寝入りとなるが、だからと言って褒められた行為ではなく、恨みも買いやすい。

この銀の片手剣はどうだろう。おそらくはどこかの貴族家の当主が持つような剣だろう。本当に使える武器ならこの武器も本望かもしれないが、ただ金銭に換えられるだけの武器が自分の家の物だったらと考えると、騎士家出身のチェリアは喜ぶことができなかった。


「…………」

エルフのアンティコーワは、そんな武器を物色する二人を冷めた目で見つめていた。

ゾウの群れがエルフの集落を襲い、金銭を持ち出すのに必死で誰も戦おうとしない集落の者たちに見切りを付け、立ち向かおうとしたアンティコーワと共に戦ってくれたのが、人族の子どもであるアルフィオだった。

エルフの聖女と呼ばれていたアンティコーワは、知恵と力で集落を守り切ったアルフィオを自分の勇者だと確信した。

確かにエルフに比べたら人族は粗野な生き物だが、まだ子ども故にそれが鼻につくこともない。エルフと名乗ったときに多少変な顔はされたが、子ども故の無知さだと割り切り、アンティコーワは彼と共に歩むことを決めた。

それがどうしてこうなったのか？

最初は上手《うま》くいっていた。徐々に民たちから認められて勇者と呼ばれるようになったアルフィオを誇りに思い、人族を下に見ることも少なくなり、チェリアという友を得ることもできた。

それが何処からずれ始めたのか……。

貴族姉妹の異母妹である黄金の姫……彼女とその周りの者たちと関わるうちに、少しずつ彼が見劣りして見えた。

黄金の姫は真の聖女と呼ばれ、真の勇者と共にいる。それなのに……と、敵地まで来て盗賊まがいのことをしている自分の勇者が、アンティコーワには徐々に色褪《いろあ》せて見え始めていた。

「――うっ」

その瞬間、唐突に上のほうから感じられたおぞましい気配に、まずは敏感なアンティコーワが口元を押さえた。次に貴族姉妹のアタリーヌがよろめき、とっさにそれを支えた妹のオレリーヌでさえ顔を顰《しか》める。

「どうした……う⁉」

「これは……」

戦士系故そこまで影響を受けないアルフィオやチェリアでさえも上を見る。

天井ではない。その向こう……空の彼方。その方角から今まで経験したこともない〝邪悪〟さを感じて全員が脅《おび》えるように黙り込む。

これが『魔王』なのだろうか？　こんなものと戦えるのか？

（いえ違うわ。そうでなければ、わたくしは大事なものを守ることもできない！）

その中でアタリーヌは『勇者』ならばきっと苦難に打ち勝ち、勝利をもたらしてくれると信じていた。

確かにアルフィオは軽薄で頼りない男に見える。それでもどこで学んだのか貴族や学者さえも超える知識を持つアルフィオは、陰で努力をする人間なのだと評価していた。

まだ十二歳の子どもだった頃は、彼の軽薄な態度も格好良く見えたが、四年も経ち成人になると色々と粗も見えてくる。だがその態度も、きっと未熟な自分たちを不安にさせないために、あえてそうしているのだろうと思ったのだ。

そうでなければ、昔のように彼の家族ごと路頭に迷わせてやるところだ。

「よしっ、それじゃあ、さっさとこの町を脱出しよう！」

「……え？」

だが、発せられたアルフィオの言葉にアタリーヌは思わず声を漏らした。

（どうして？　ここまで来たのは魔王と戦うためではないの？　それならどうしてこんなところまで来たというの？）

頭の良さ故に考えすぎて深読みをして、様々な疑問を一瞬で言葉にできずにいるアタリーヌの肩をアンティコーワが押さえた。

「アタリー、冷静になりなさい。遠すぎて判断に迷うけど、少なくとも魔王は想定よりも強い力を持っているわ。情報が足りないのよ」

「そうね。アルも言葉足らずだけど、魔族国を離れているという魔族軍の将校を捕らえて、情報を吐かせてから戦うほうが確実よ。ね、そうでしょ？」

アンティコーワを補足するようにそう続けたチェリアの言葉に、アルフィオは目を瞬かせていたが、すぐにニヤリと笑ってそれを肯定した。

「その通りだ！　すぐにこの町を出て、魔族軍を追うぞ！」

「そう……ですね」

アタリーヌは自分がアルフィオの深い考えに思い至らず焦っていたのだと、気持ちを無理に落ち着けた。

「お姉様……」

「ごめんね。大丈夫よ」

自分を心配して腕に抱きつくオレリーヌの頭を撫《な》でてやる。

今年成人してなお、自分の意見も言えないような姉離れできない妹だが、優しい彼女をあえて危険に巻き込むこともできないと反省した。

自分の目的のため、大事なものを守るため、自分はこんなところで死ぬわけにはいかない。

それでも……。

（……この気配は？）

空から感じる、どこか覚えのある〝気配〟にアタリーヌは不安を覚える。

こうしてシグレスの自称勇者一行は、まともな戦いを経験することもなく魔族国から撤退することになった。

だがそれが彼らにとって幸運だったのか、それはまだ分からない。

＊＊＊

「なんだ、これは……」

魔王ヘブラートは目前に広がる光景に息を呑《の》む。

生まれた頃には天を覆っていた暗雲が消えてなくなり、それを呆然《ぼうぜん》と見つめ続けていた彼は正気に戻ると、急いで消滅した魔王城へと向かう。

ヘブラートは魔王城に愛着はない。親を殺し兄弟を殺した場所に未練はなく、ただ人心を纏《まと》めるためだと受け入れた場所でしかない。

だがその場所で何かが起きている。城の中心部が上層ごと抉《えぐ》られるように消滅していたのには驚いたが、彼が真に驚愕《きょうがく》したのは、あの他者を人とも思わぬ魔族たちが、神を目撃した信徒のように魔王城へ向けて祈りを捧《ささ》げていたからだ。

「何があった……」

あの半壊した魔王城に何がある？　ヘブラートは息を呑み、それでも魔王としての責任から確認しなければいけないと、魔王城の庭へと降り立った。

「——っ！」

そのとき、ヘブラートの危険察知に警戒が奔《はし》る。


……ドドドドドドドドドドドドドドドドドドドドドドッ！！！


その地響きにヘブラートは己の魔力を高め、得意とする無詠唱での魔術を展開した。

「——【衝撃緩和《ロアインパクト》】【物理耐性上昇《ファイレジスタ》】【物理結界《プロテクト》】【慣性緩和《ロアイナーシャ》】【身体強化《リインフォース》】——」

ドォオオンッ!!

「フランソワっ！」

「ウホッ！」

ズサァアアアアアアアアアアアアアアアアッ!!

子どものように飛びついてきたフランソワを、たった五メートルほど地面を抉るだけで受け止めたヘブラートは、養女とした愛娘《まなむすめ》の無事な姿に安堵《あんど》した父親の顔を見せた。

「何故退避しなかった？　ここは危険だと……」

「ウホッ、ウホホッ」

「そうか……すまん、心配をかけてしまったな」

「ウホッ！　ウホホッ、ウホッ」

「そんなことが……」

これまでの詳しい事情を聞かされ、ヘブラートは表情を硬くする。

「ウホッゥウホッ」

するとフランソワは少し恥ずかしそうにヘブラートへ告げる。

「そうか。分かった、あとは任せるといい」

「ウホッ！　ウホッ！」

「ダメだ。城は危険があるかもしれない。フランソワは城の外に出て民たちの様子を見てくれないか？　君の姿を見れば民も安心するだろう」

「ウホッ！」

「そんなことを言うな。君の気持ちは分かるが理解してくれ」

「ウホ……」

自分を心配するヘブラートの真剣さにフランソワは少しだけ寂しそうな顔をしたが、彼女はその巌のような儚《はかな》げな顔を気丈にも笑みに変え、追いついてきたいまだ脅える愛ゾウを愛《いと》おしげに肩に担いで、悠然と城門へと歩いていった。

「フランソワ……どうか幸せになっておくれ」

彼女の惚《ほ》れ惚《ぼ》れとするような大きな背中をヘブラートは眩《まぶ》しそうに見つめる。

フランソワの話によれば、王宮にまで響く衝撃が襲い、事が治まり外に出ると魔王城が半壊していたと言う。

彼女が経験した異変は、あの黄金と漆黒の二本の柱が天を貫いたときのことだろう。間近で見ることが叶《かな》わなかったヘブラートに細かいことは分からないが、その前に〝人間の娘〟が魔王城を訪ねてきたそうだ。

ドワーフの言語は、馴れている者でさえ完全に理解することは難しい。固有名詞までは分からなかったが、その人間の少女と友人となったというフランソワは、単身魔王城の中へ向かった少女のことをとても心配していた。

幼い頃にその美しさを姉たちに妬まれ、王女でありながら祖国を追放されたフランソワに、同年代の友と呼べる者は誰も居なかった。優しく心清らかなフランソワに初めて友人が出来たことを喜ばしく思いながらも、養父として娘のことを思えばその表情は暗くなる。

それは……。

「……生存は厳しいな」

その〝人間の娘〟はおそらく聖女であろう。

魔獣を封じていた地下に現れ、人間とは思えぬ膨大な魔力で〝聖女〟が自分を転移させたのは、自分が〝魔王〟であるという以前に、友人となったフランソワの父親だったからだと理解した。

敵にさえそんな慈愛を見せる彼女は、正しく『真の聖女』と言えるだろう。

おそらく天に昇った〝黄金〟の光は聖女が放ったものであるはずだ。だが、いかにヘブラートを超える魔力を持つ真の聖女であろうとも、人の身では、最高位悪魔の一柱である〝魔獣《ビースト》〟に打ち勝つことなど不可能だった。

ヘブラートが愛娘であるフランソワを城の確認に同行させなかったのは、聖女が生きている可能性がほぼないと考えたからだ。

「……不憫《ふびん》な」

フランソワにとって初めて友達となった少女は、とても大切な存在なのだろう。

フランソワが彼女を語るその言葉……。

『ウホッ』

その言葉を聞けば、どれほど友のことを大切に思っているのか、そして彼女たちの友情の強さを誰でも理解できるだろう。

そんな彼女たちの想《おも》いを慮《おもんぱか》り、気が重くなりそうな心を引き締めてヘブラートは城へと向かう。

聖女はどうなったのか？　解放された魔獣は何処へ行ったのか？　それによって魔族国はどのようになってしまうのか？

そんなことを思い、微《かす》かな魔力を感じる半壊した城の上層へと足を運んだヘブラートが見たものは……。

「――なっ」

邪悪な黒き魔獣を従え、まるで来ることが分かっていたかのように優しいまなざしを向ける、黄金の聖女の姿だった。

＊＊＊

『もふぅ〜〜〜』

魔王さんのお城まで戻った私にはやるべき事がありました。

とても大切なことで、これをするために〝リンネ〟と戦い、危険な賭けに出たと言っても過言ではないほどの大事なことなのです。

『……おい』

何かドスの利いた低い声が聞こえたような気がしますが、気にすることはありません。

何しろ今の私は……

十一年ぶりにリンネの毛皮をモフモフするのに忙しいからです！　リンネも文句は言いますが、ちゃんと私がモフりやすいようにじっとしてくれているではありませんかっ！　この、ツンデレさんめっ！

このために！　このモフモフを全身で味わうために私も金ネコ化しております！

確かに、人型のすべすべしたお肌で毛皮をモフるのは、それはそれは素敵なのです。でも！　家猫くらいの小さなネコになって、全身で毛皮に埋まるようにモフるのには、抗《あらが》いがたい魅力があるのですよ！

精神生命体の悪魔だから毛皮はいつもさらさらで、飛び込んでかき混ぜても絡まず、さらりとしていながらお腹《なか》の毛並みは柔らかく、癒やされ効果が半端ないのであります！

しかもこの芳醇《ほうじゅん》な香り！　何年も寝かせた果実酒のような甘い香りと酩酊《めいてい》感！　魔界にいた頃よりもくっきりと感じるのは、魂が繋《つな》がったせいかしらっ！

これです！　これを求めていたのです！

このモフモフがぁああ!!

『いい加減にしろ』

ポンッ。

『え……』

リンネの毛皮の中を自由形の選手の如くゴロニャンと泳ぎ回っていた私は、唐突に宙に放り出されて、床に落ちてお尻を打つ。

『いった～い、何をするの⁉　て、あれ？』

あのバカでっかいリンネの姿が消えていた。いきなり素に戻された私が慌ててその姿を捜す。

『こっちだ、バカ者』

『へ……？　リンネっ⁉』

そちらを振り返ってみれば、家猫よりもちょっと大きな普通サイズの〝黒猫〟が得意げな顔をして私を見ていた。

『な、なななななななななななな』

『……な？』

『なんてことでしょうっ！！！』

『のわっ⁉』

唐突なリンネの〝黒猫モード〟に理性がぶち切れた私は、金の翼を翻して、魔界最速の速さで黒猫リンネに飛びついた。

『可愛《かわい》い可愛い可愛い！　すっごく可愛い！』

なんてことザマしょ！　私の基になった〝女の子〟もネコ好きでしたが、自分がなるのと目の前に居るのとでは訳が違うのです！

何しろこの世界の猫って、私を見た瞬間に逃げ出すか、気絶するか、根性のある猫でも脅えたように『シャーッ』とか『ミギャーッ』とか唸《うな》って、抱っこさせてくれなかったのですよ！

だからっ！

『だから、いい加減にしろ！』

がぶっ。

『ぴきゃあぁ⁉』

いい加減に切れたリンネに〝がぶっ〟とされました。

＊＊＊猛省中＊＊＊

『嫌ですわ。すっかりお恥ずかしいところをお見せしてしまいましたわ』

『…………』

ネコのままお嬢様モードで微笑むわたくしに、リンネの冷たい視線が突き刺さる。

すっかり壊れてしまったように見えましたが、私は元気です。

いやはや、モフモフニャンコの魅力は凄《すさ》まじいものがありますね。冷静で理知的な私としたことが我を忘れてしまうとはお恥ずかしい。ちっちゃくてもリンネの牙は痛いのです。

そんな加害者であり被害者でもあるリンネへのお詫《わ》びに、今度は私をモフらせるため、二人とも猫モードでゴロゴロ転がっております。

『そういえば、いつの間に黒猫型になれるようになりましたの？』

『その口調は続けるのか……』

半分癖になっていますし、砕けた口調に馴れちゃうと後が面倒なのですよ。

『おそらく、お前に〝名付け〟をされてからだな。現世だというのに随分と存在が安定した』

『そうね……』

名もなく依《よ》り代《しろ》もない悪魔は、物質界では陸《おか》に上がった魚に等しい。暴れることはできても本気は出せないし、すぐ息も切れる。

でも今のリンネからは、魔界にいた頃やこちらに現れたときのように、撒《ま》き散《ち》らすような暴力性を感じません。

内を探ればいまだに荒々しい気配があるのが分かります。ですが、余裕……と言えば良いのでしょうか、焦りのようなものが消えて、初めて出逢《であ》ったときのような〝大人〟の余裕が感じられるようになりました。

やっぱり彼の声は大人っぽくて好みです。

こうして落ち着いたのはよいのですけど……。

『〝顕現〟はいたしませんの？』

今のリンネは、陸に上がった魚が〝名〟という水槽を与えられて一息ついているだけにすぎません。ですが依り代を得て顕現すれば、私と同じように動けて、本気を出せるようにもなります。

『顕現か……』

私の言葉にリンネはそう呟《つぶや》いて微妙な顔をする。

……ネコの顔で器用だな。

『名付けのおかげで俺の存在も安定すると同時に大きくなった。そのため、並の依り代では俺の存在を受け止めきれずに砕けてしまうだろう』

それに――とリンネは続ける。

『ただ貪り、殺し、食らうだけが〝悪魔〟の本質ではない』

『ええ、そうね』

私たち『悪魔』と『神』は根本的に違います。

霊から昇華した〝土地神〟でもなく〝精霊〟でもない、本物の〝神〟が本当に存在するのか私は知りませんが、私は人間が信仰することで神が何かをした記憶がありません。

悪魔は……高い知性を得た高位の悪魔は、人間の〝価値〟を知り、その価値を高めるために知恵を与えて育みもするのです。ただその知恵が人間から純粋さを奪ってしまうので、神は気に入らないのでしょうけど。

簡単に言うと、碌《ろく》な給料も与えずサービス残業を強要する家族経営企業と、業務内容は碌でもないけど歩合で給料は支払う悪徳企業の違いです。

悪魔が〝世界〟に存在しているのには理由《わけ》がある。

でも、悪魔がただ魂を貪り食らうだけの存在ではないとしても、リンネは顕現しなければ物質界に長く留《とど》まることは難しいはずです。

『言っておきますが、私は、あと千年は魔界に戻りませんよ？』

我《わ》が儘《まま》を言っている自覚はありますが、こればかりは譲れません。リンネはそんな私の強情さを知っているからか、笑うように牙を見せる。

『千年で戻るならたいした時間ではないが……。名を貰《もら》ったなら十年くらいは保つだろう。その間に何か考えるさ』

『うん……』

なんとかなりませんかねぇ……。今はなんともならんか。(即決)

とりあえず一番の面倒ごとは片付いたので、小難しいことは後で考えましょう。

半壊した魔王城のお日様が降りそそぐ元は謁見の間らしきその場所で、リンネの首元に顔を埋めるように抱きつくと、リンネの二股の尾が私の背を撫でた。

そんなネコらしいまったりとした刻《とき》の中で……。

「――はっ⁉」

唐突に視線を感じてこれまでの最高速で人型に戻り身支度を調えた私は、いきなり放り出されて豹《ひょう》型に戻り唖然《あぜん》とするリンネをさらに放って、現れた人物にニコリと微笑んだ。


「ようこそ、魔王様」


その笑みを向ける先に、呆然とした顔でこちらを見つめる魔族の中年男性がいました。

その人に見覚えがあります!

もしかして、お友達《フランソワ》のパパに恥ずかしい姿を見られましたっ⁉

見たの⁉　見なかったの⁉　私が目を細めるように笑顔に〝圧〟を込めると、陰から覗《のぞ》いていた魔王さんはおどおどした態度で姿を見せる。

「聖女殿……であろうか？　その〝魔獣〟は……」

もしかして見てない⁉　見えていなかった⁉

よしっ！

「ええ、お恥ずかしながら『聖女』などという大層な名で呼ばれております、ユールシア・フォン・ヴェルセニアと申します」

すべてをうやむやにするために最高の角度で最高の笑顔を見せると、何故かフランソワパパは一歩引いた。何故に⁉

「し、失礼した。魔王をやっているヘブラート……です。それで……その……」

なんか謙虚な人ですね。もっと……こう、魔王さんなのだから偉そうでもいいのですよ？　何に脅えているのですか？　最初に見たときはもっと威厳があったではありませんかっ！　なんか、営業サラリーマンみたいですよ⁉

あ、そうか。私の後ろにいるリンネに脅えているのですね！　いつの間にか立ち上がり、不機嫌全開のオーラで魔王さんを見下ろしているではありませんか！

「この地に現れた〝魔獣〟は、わたくしの説得に応じてくださいましたわ。ね？」

魔王さんに気づかれないように踵《かかと》でリンネを蹴ると、彼は私を面倒くさそうに睨《にら》んで、小さく溜《ため》息《いき》を吐くように語り始めました。

『我はユールシアと共にいることを決めた。お前たちを害するつもりはない』

台詞《せりふ》が棒読みよ⁉　もっと笑顔で！　そう思ってちらりと背後を見上げようとした私の耳に、魔王さんからすすり泣くような声が聞こえました。

何事⁉

「……そうか。そうなのですね……。魔族の民は救われたのですね。私は……死ぬつもりでここまで来ました」

魔王さんが何か語り始めましたね……。

「こんな場所に生まれて、神を恨んだこともありました。ですが次第に魔王として自覚をし、この地に住む哀れな者たちを救いたいと思うようになって、それが……」

え……？　まだ続くのですか？

リンネも飽きて欠伸《あくび》をするのではありません！　この猫毛野郎！

「悪魔を呼び出すために魔力を奪い、魔族を救うために人間を滅ぼそうとした我々を許すだけでなく、太陽の恵みさえも与えてくださった！　聖女殿……いや、聖女ユールシア様！　あなたこそ魔族に光を与えてくださった女神です！」

「…………」

『…………』

……え〜と？　どういうことでしょう？

よく分かりませんが、とりあえず上手く纏まったということでしょうか？

「ええ。微力ながらお役に立てて幸いですわ」

「おお……ユールシア様！」

ヘブラートさんは感激して土下座をするように床に額をつけた後、バッと顔を上げる。

「それで、厚かましいと思いますがお願いがございます。私と同郷のギアスという者が魔族軍を煽《あお》り、人族国家へ侵攻を始めております。彼は真の目的を語ることはなかったのですが、その結果として大規模な破壊を起こそうとしております」

「……それをなんとかしてほしいと？」

面倒だなぁ……と思っていると背後のリンネから念話が届いた。

（ユールシア……。そのギアスという者なら俺もここで見たことがある。その男と同様に奇妙な魂を持っていたぞ）

（へぇ……）

確かにヘブラートさんは不思議な魂をしていますね。容量が大きい？　いえ、魂と霊体のバランスが悪いのかしら？　あの勇者（笑）も似たような感じはしましたけど、そのギアスがヘブラートさんと同等の大きな魂を持つのなら、確かに興味はありますね。

だって、いくらヘブラートさんの魂が美味《おい》しそうでも、フランソワパパから魂は獲《と》れませんからねぇ……。

「いえ、それには及びません。私が彼を止めてみせます。ですが、太陽の恵みを得ても、今の魔族国に残った者はすでに窮しております。私がギアスを必ず止めますので、ユールシア様には何とぞ人族国家からの食糧支援を……」

なるほどねぇ……。私が言えばなんとかなるのかしら？

「そのためにはなんでもいたします！　私の命を捧げてもいい！　どうかっ！」

「ん？」

つい声を漏らしてしまうとヘブラートさんは一瞬怪訝《けげん》そうな顔をしましたが、私はそれを誤魔化《ごまか》すように平伏したままの彼の側に膝をつく。

「命を捧げるという言葉に偽りはありませんか？」

「もちろんです！」

真剣な顔で見つめ返すヘブラートさんに私も渾身《こんしん》の笑顔を見せた。

「ですが、ここで死んではなりません。あなたには待っている人がいるでしょう？　ギアスさんも食料も、わたくしがなんといたしましょう。わたくしのために働いてくれるのなら、寿命が尽きた後でも構いませんから」

「おお……」

良質な魂の契約、げっと。（ど外道）

〝契約〟の証として、悪魔にしか見えない〝黒い鎖〟がヘブラートさんの魂に絡みつく。

彼の望みを叶えることで死後の彼の魂は全自動で私のものとなります。寿命で死んだ後ならフランソワも悲しみませんわ！　罪悪感に苛《さいな》まれながら罪を犯し続けた彼ほどの魂なら、食べるよりも悪魔に転生させて、二十四時間働いてもらうのも良いかもしれませんね！（真の邪悪）

それではヘブラートさんの最初の望みを叶えるために、私の最新の研究成果をご覧に入れようではありませんか！

ズモモモモモモモ…………。

「こ、これは……」

私の研究成果にヘブラートさんが目を見張る。

壁に描いた黄金の魔法陣から、黒い物体が無限に湧き出しています。

「これは、この世界だけではなく、あらゆる世界の〝海〟から〝ワカメ〟を無限に召喚する、全自動召喚魔法陣となります。これで食糧問題は解決ですね」

私がそう説明して差し上げると、ヘブラートさんはその素晴らしさによほど感動したのか、リンネと一緒に、お口を開けたまま凝視していました。

「こ、これはどうやって止めるのですか⁉」

「ご安心ください。この地を汚染している瘴気《しょうき》を動力としておりますので、おそらく五百年もすれば、自然と止まりますわ。沢山食べてくださいね。食べないと一年くらいで城下町が埋まってしまいますよ？」

「そんな……」

何故か海産物たちは私の役に立とうと自発的にやってきてくれるので、私にも止められないのですよ。

「ああ、栄養の偏りを気にしていらっしゃるのですか？　見てください。海藻に交じって、ほら、オキアミや小さな蟹《かに》さんもいますよ？」

これが巻き込まれ召喚という奴ですね。感動のあまり両手を床に付けたまま顔を上げられずにいるヘブラートさんの肩を、何故かリンネが優しく肉球で叩《たた》いていましたが……それはともかく、とても善いことをしましたわ！


『それでどうするつもりだ？』

謁見の間から離れて、魔王城の廊下を歩き出した私に隣を歩くリンネが問う。

「もちろん、ギアスを止めますわ」

当然のようにそう返す私に、リンネが不思議そうな顔をする。

『〝契約〟のためには必要だが、急ぐこともない。それは人間の「ユールシア」として必要なことなのか？』

リンネは私の心が人に寄りすぎていることを懸念している？　それとも私の人間としての立場を気にしてくれている？　別にどちらでも良いけど……。

「リンネ。ギアスが大量破壊をしたい理由は何かしら？」

もし、魔族としてただ人族に恨みがあるのなら、それを公言すればいいのです。魔族国ならそれを受け入れますし、同郷と言ったヘブラートに話せない理由にもなりません。

それなら、その理由はなんでしょう？

「おそらく、ギアスは〝魂〟を集めようとしている」

その魂を使って、さらに何かを召喚しようとしているのか、それとも魂を単なるエネルギーとして世界の破壊を目論《もくろ》んでいるのか、それとも誰かと〝契約〟をしているか。

「それはダメよ。この世界の人間は、すべて〝私〟のものだから」

愛しくも愚かな人間たち。

この世界は伸ばせばすぐに手が届く、私だけのお菓子箱。

たとえ一欠片《ひとかけら》でも他にあげないわ。

その代わりに私が愛してあげるとそう決めたの。

そう言い切る私に、リンネは息を吐くように小さく笑う。

『それでこそお前だ』


そのまま出立のために魔王城のテラスを出た私たちを、魔族の人たちがまるで拝むように待ち構えていました。

これは――っ！

「何を歌えば良いのかしら？」

『……何故歌う？』

第十一話　戦争になりました

幼馴染《おさななじ》みと思いを通わせ、ついに結ばれて役所に婚姻届を出しに行く途中……〝青年〟は突っ込んできたトラックから彼女を庇《かば》って命を落とした。

（……なんだ、ここは⁉）

気がつくと青年は、薄暗い粗末な部屋の中にいた。

実際にその部屋が〝粗末〟だと気づけたのは、意識が戻り、まともに目が見えるようになった数ヵ月後のこと。

成人していたはずの青年は、何故か赤子になっていた。

自分はどうなっているのか？　どうして赤ん坊になっているのか？　最初は事故に遭って病院にいるのかと思った。目も見えず、身体もまともに動かせず、声を発しようとしても言葉にならないことで、重大な障害を負ってしまったのかと絶望した。

だが、青年の絶望はまだ始まりにすぎなかった。

自分が死んで、生まれ変わったと理解……いや、その事実を認めることができるまでさらに数ヵ月を要した。

言葉が分からない。父と母らしき人も日本人ではない。何も分からない……。電気もなく獣脂の臭いがする灯《あか》りが照らす範囲だけが、青年の知るすべてだった。

だが青年にとってそんなことはどうでも良かった。

妻である幼馴染みはどうなったのか？　無事でいるのか？　自分が死んだことで悲しんではいないか？　独りになった妻はどうするのか？

帰りたかった。愛する妻の許《もと》へ……。

日々募っていく焦燥感。赤ん坊のように泣き叫んでも、赤ん坊故に理解はしてもらえず、そんなある日、青年の運命はさらなる激動に巻き込まれた。


その日、初めて両親に外へ連れて行かれ、この姿となって初めて見た血のような夕焼けの中、辿《たど》り着《つ》いたその場所は、廃墟《はいきょ》のような教会にも似た建物の地下だった。

薄暗い地下室。立ちこめる獣脂の臭い。見えた黒い祭壇と獣脂に混じる微《かす》かな腐臭が〝血〟の臭いだと気づいて青年は青ざめる。

これではまるで邪神を呼び出すための祭壇ではないか。そう考え、今世の両親を見る。そして青年は自分を見る両親の目が、前世の両親と同じ〝他人〟を見る目だと気づいて、ようやく理解した。

自分は、この二人の望みを叶《かな》えるための〝生《い》け贄《にえ》〟となるために生まれたのだと。

そして儀式が始まる。

着替えた二人と同じく、童話の魔法使いが着るようなローブを纏《まと》う十名近い男女が、何やら呪文のようなものを唱え始める。

抗《あらが》おうとしても赤ん坊でしかない青年にはどうすることもできない。

どうして、こんなことになったのか？　それほど神様は自分のことが嫌いなのか？

自分はそれほどの罪を犯したとでも言うのか？

愛する妻の許に帰りたい。それ以外は何もいらなかった。

たとえ、邪神に魂を売り渡してでも帰りたいと、言葉にならない声で泣き叫んだ。

青年の周囲で、まるで魔法のように魔法陣らしきものが輝き始め、父親だと思っていた男が青年に短剣を振り下ろそうとしたその瞬間……〝声〟が聞こえた。


『――まさか、この程度の贄で偉大なる我を呼び出そうとするとは、不遜な輩《やから》め――』


気がつけば振り下ろされた刃は青年の目前で止まり、それどころか周囲の者たちも刻《とき》が止められたように動きを止めていた。

自分だけが動ける止まった刻の中で、その〝声〟が青年に語りかける。

『ほほう……貴様、この世界の魂ではないな。この中で最も強き魂が赤子とは驚いたが、たまには気まぐれで応じてみるものよ』

その声が黒い影となって赤子となった青年を覗《のぞ》き込《こ》む。

本体でなくただの影でさえ、青年はその〝存在〟が自分とは比べものにならないほど強大な、超常の存在だと理解できた。

『お前は我に〝願い〟を述べた。ならばお前と〝契約〟をすることにしよう。だが、お前程度の魂では〝異界〟へ渡るための対価にはなり得ない。お前は我に何を捧《ささ》げる？』

青年は妻の許に帰れるのなら魂どころか、すべてを捧げてもよかった。

だが異界と言うからには、ここは自分が生まれた世界とは違う世界なのだろう。妻の許へ帰るために彼の死後の魂だけで足りないのなら、どうすればいいのか？

『さて、どうする？　答えはすぐ側《そば》にあるぞ』

その揶揄《やゆ》するような声に、青年は辺りを見回し……

躊躇《ためら》わず、ここにいるすべての魂を捧げると、そう答えた。

＊＊＊

魔王へブラートより指揮権を委任された魔族軍参謀ギアスの号令により、正体不明のものから襲撃を受けて散り散りとなっていた魔族軍は、再び集結して侵攻を始めた。

その総数、約六十万。最も数の多い人魔兵でも、兵士でもない民兵を含めているため、集結も遅く逃げ出した者もいるはずだが、その数はあまりにも少なかった。

魔族国を出たときは百万を超えていた。脱走兵がいたとしても半数近くは何処へ消えたのか？

「走れっ!!　この獣王ガルスが率いる獣魔師団が、戦場に遅れるなど恥と知れっ!!」

黒姫キリアンの妖魔師団が行方知れずとなり、情報が錯綜《さくそう》したため、ガルスの獣魔師団も途中で探索や警戒などに大幅に時間を取られてしまった。

その獣魔師団も探索や索敵、食料の収拾などに出していた部隊の一部が戻らず、二十万いた軍勢は十五万ほどに減じている。

それが獣王ガルスに焦りと苛立《いらだ》ちを与えていた。それ故の暴走とも言うべき進軍速度であるのだが、ガルスは妖魔師団の消失や正体不明のものからの襲撃の話を聞いていても、弱兵が逃げ出したのだと事の重要さを理解していなかった。

森の中に〝何か〟が潜んでいる……。

獣の本能か、敏感な者は深い森の暗闇に怯《おび》え、追い立てられるようにさらに足を速める者、警戒して足を遅くする者、危険を避けようとルートを外れる者など、一団となって進軍していた獣魔師団は再び分散し始めていた。

そして……

それは唐突に始まる。

「…………」

夜目が利き夜行性の者も多い獣魔師団は夜であっても止まることはない。

その中の兵の一人は、闇の中で隣を走る仲間が不意に得体の知れない〝何か〟へ変じてしまったような不安を覚える。

そんなはずはない。同じ飯を食い、先ほどまで会話もしていた。だが今は恐ろしくて声をかけることもできない。

それでも自らの不安を払拭するため、覚悟を決めて近づこうとしたそのとき……。

「ひぐ」

誰かのくぐもった小さな悲鳴が聞こえ、気がつくと隣の仲間が手に持つ濡《ぬ》れた塊のようなものを食らっていた。

「……なんだそれ？　悲鳴が聞こえなかったか？」

『……さあ？』

声の様子がおかしい。話し方がおかしい。確かに知っている仲間の声のはずなのに、もうそれが、い、い、生き物の声だとは思えなかった。

「ひっ」「ぐえ」「が……」と小さな悲鳴が断続的に聞こえ始める。兵たちが足を止めて警戒すると、隣を走っていた仲間も立ち止まり、そっと手に持つそれを差し出した。

『落ち着いてこれでも食え……旨《うま》いぞ』

「お……まえ……」

差し出されたそれは血塗《ちまみ》れの肉塊だった。

「ひっ――」

生者とは思えぬその濁った瞳と血塗れの顔に、兵士は仲間だった男へ反射的に槍《やり》を突き出した。

槍の切っ先が仲間だった男の首を抉《えぐ》る。だがその男は濁った瞳でニタリと笑い、そのまま兵士の首に齧《かじ》りつき、生きたまま貪るように食らい始めた。

周囲には他の兵士もいる。だが、それは獣魔師団の各処で始まっていた。

「ぎゃあああっ⁉」

「なんだ⁉」

「敵かっ⁉」

「静まれっ‼　それでも獣魔師団の兵かっ‼」

混乱を始めた兵士たちにガルスが声をあげる。

「武器を寄越《よこ》せ‼」

ガルスが背後にいる従者たちに手を伸ばす。だが、その手に載せられたのは従者に預けていた巨大武器ではなく、血に濡れた生首であった。

「なっ⁉　ギル……？」

反射的に捨てようとしたその首が従者の一人であると気づき、ガルスが生首を渡してきた従者を睨《にら》みつけると、その従者は黄色く濁った瞳でニタリと笑う。

「……ゴルロー……？」

確かにその顔はガルスに長年仕えてきた獣人ゴルローのものだ。しかし首から下は水死体のように膨れあがり、全身からヌラヌラとした粘液をしたたらせ、足下の大地を腐らせる様子に、ガルスはその正体に思い至った。

「……このクソ〝悪魔〟がぁ‼　ゴルローの身体を〝依《よ》り代《しろ》〟にしやがったなっ‼」

その叫びと共に軍勢の各処で、正体を現した無数の悪魔が魔族の兵たちを無残に引き裂き、貪り始めた。

たとえ十人がかりでも一体の悪魔さえ倒せない。軍の中で獣王本人だけが悪魔となんとか戦えている状況だ。

そもそも低級や下級の悪魔では、いくら隙があったとしても知性ある生物を簡単に依り代にすることはできない。ならばここに現れた悪魔たちは――

「くそがぁあああああああああああっ!!」

獣王ガルスが血塗れになりながら剣を振るう。

だが、戦力差は明白。数こそ悪魔のほうが少ないが、根源の恐怖を撒《ま》き散《ち》らす悪魔の存在に脅《おび》えた魔族兵はまとも戦うこともできずに数を減らし、ガルスの許へも五体、十体、と異形の悪魔たちが押し寄せた。

「――!?」

その中でガルスがおぞましい気配に振り返ると、こちらに感情のない冷たい笑みを向ける、美しい少女の姿をした〝何か〟が、黄金の剣を振り上げている姿が見えた。


『――ニャ――』


気の抜ける斬撃音と共に獣王ガルスは、とっさに構えた剣ごと両断された。

崩れる死体からなんの感慨もなく魂だけを回収したニアは、パンパンと手を叩《たた》くと悪魔たちに向き直る。

「はいは～い、みんな、ちゃんと自分の依り代は得られたよねぇ？　それじゃ、主人様《あるじ》を捜すから頑張るんだよ～」

大悪魔ニアの気の抜ける口調に、数万の魔族を惨殺し終えた悪魔たちは、ビシッと足を揃《そろ》え、敬礼をしてみせる。

ここにいる悪魔たちは、ニアたち従者がユールシアを探索するために『失楽園《ロストエデン》』から呼び出した〝上級悪魔《グレーターデーモン》〟だった。

その数約二千体。元よりユールシアのために働きたいと厳選された上級悪魔たちは、依り代を得て顕現したことで、海藻から自作した眼鏡のようなものをかけ、首に巻いた昆布を垂らして、名を持つ者は小さな紙片を交換し合っていた。

従者たちとしても魂が繋《つな》がっていることで、主人が無事でいることは分かっているのだが、単純に外で使える手数を増やしたいとも考えていた結果、今回の暴挙となった。

こうしてユールシアの知らぬところで、魔族と人族……そして一人の元〝青年〟の運命がねじ曲げられていく。

＊＊＊

聖女ユールシアが消えて数週間後……。ついに魔族国の森を抜けてきた魔族軍の本隊と、待ち構

えていた人類軍との戦闘が始まろうとしていた。

人類軍はタリテルド、テルテッド、シグレスなどの大陸中央強国を中心に複数の国家が軍を派遣し、北側国家が揃えた傭兵《ようへい》を含めれば三十万にもなる。

対して魔族軍は、出立当時は百万以上いたものの、魔族軍の両翼と呼べる妖魔師団と獣魔師団が謎の消失をしたことで複数の民兵が脱走し、ここへ辿り着いたものは人魔兵団を中心とした二十五万程度しかいなかった。

もしここに百万の魔族軍が現れたのなら、斥候《せっこう》隊による先走りがあったとしても北側国家は無事では済まず、魔族軍参謀ギアスの思惑通り、敵も味方も多大な被害を受けただろう。

「…………っ」

視界の隅に浮かぶ〝数字〟を忌々しく思いながら、ギアスは昏《くら》い瞳で荒れ地に結集した二つの軍勢を見つめる。

もう時間がない。とギアスは心の中で独りごちる。

人間の身でありながら正体を隠して魔族国へ入り込み、数十年掛けて地位を高め、この状況を創りあげた。

だが、呼び出すはずの〝悪魔公《デモンロード》〟は制御の利かない〝魔獣《ビースト》〟へ取って代わり、それならばと動かした魔族全員を巻き込んだ侵攻も、新たな敵に妨げられた。

その敵の一つ、〝大吸血鬼〟との戦闘では多大な犠牲を払って生き延びることはできたが、その代償として元々老人だったギアスの見た目は肌がひび割れそうに乾き、殊更老け込んで見えた。

それでももう止まれない。その手が数え切れないほどの血で塗れ、引き返すことができないのもあるが、それ以上にギアスは自分の寿命が尽きかけていることを自覚していた。

人類軍と魔族軍が動き出す。そして広がる戦場の各地でも功を狙う傭兵や独立軍による小競り合いがすでに始まっていた。


その一角──

「──〝ヒカリアァレ〟──」

アンティコーワがアルフィオの持つ剣に【聖剣《ホーリーウェポン》】の神聖魔法を付与する。

「くらえ、斬岩剣っ！」

アルフィオが十四歳のときに開発した、特に特徴のない魔力撃が、一撃で二本角の巨人魔族を切り捨てた。

「アルっ！　こっちも！」

彼が一騎打ちをする間、他の魔族を抑えていたチェリアに、さらに十人の魔族兵が迫っていた。

「──【氷矢《アイスアロー》】──」

オレリーヌの放つ数十もの氷の矢が降りそそぎ、魔族兵の体力を削って冷気で足止めをする。

「──【火炎球《ファイアボウル》】──ッ！」

そこにアタリーヌの放つ火の玉が動きの鈍った魔族兵を焼き払った。

「──うがぁあああああああっ！」

その炎の中から飛び出した大柄の魔族が魔術を放った姉妹へと武器を向ける。

「やらせないっ！」

そこに割り込んだチェリアがその攻撃を受け止め、そこに追いついたアルフィオが背後から魔族の首を斬り飛ばしてとどめを刺した。

「……ふぅ」

一段落が付き、アルフィオが息を吐いて手の甲で汗を拭う。

誘拐事件で戦った〝メイド服の魔族〟があまりに強かったことで慎重になっていたが、同時ではないとはいえ、魔族の小隊を二つも倒せた。

なんだ、やれるじゃないか、とアルフィオは失いかけていた自信を取り戻す。この手柄を持って帰ればシグレスの王都でも一目置かれるはずだと、仲間たちに笑顔を向けた。

「やったな、みんなっ！」

その言葉に……。

「ええ……」

「……うん」

「…………」

「は、はい」

仲間である女性たちの反応は薄かった。アンティコーワとチェリアは戦術について話し合っていたのを邪魔されて不機嫌になり、アタリーヌはそもそもアルフィオを見ていない。

唯一、まともに返事をしてくれたオレリーヌも、アタリーヌの後ろに隠れているから顔もよく見えなかった。

戦闘中や交渉ごとなどは以前のようにアルフィオを頼ってくれるが、最近はそれが終わればよそよそしくなり、以前のように肩や手に触れようとしてもスルリと躱《かわ》されることが多くなった。

（……なんだって言うんだよ！）

まるで何か大きなものに運命をねじ曲げられた気分だ。いったいどこから自分たちの仲がおかしくなってきたのか？

魔王城から戦いもせずに撤退したときだろうか？

魔王の宝物庫を漁《あさ》って宝を自分のものにしたときだろうか？

コルコポの街で問題を起こして憲兵に追われたときだろうか？

それとも、カペル公爵の領地であの金色のバケモノから逃げ出したときだろうか……。

勝てない敵から逃げるのは、傭兵として当然のことではないのか。

敵である存在から宝物を奪うのは勇者の特権のはずだ。

人間として生きる権利があるのだから、理屈に合わないことに反抗するのは正しいことだ。

前世で読んだ本の〝主人公〟は、みんな当然のようにやっていたではないか。

（なんだよ、ちくしょう！　ちょっとミスをしたくらいで、そんなに態度を変えることはないだろう？）

だが……アルフィオは気づいていなかった。

前世の知識で飾り立てられ、外側のみで評価されていたアルフィオは、ほんのわずかな疑惑でその〝飾り〟が見てもらえなくなることを……。

本来なら自称の勇者であるアルフィオでも、魔王城へ辿り着くまでにあるべき苦難を乗り越え、心を折られずにいたならば、充分な強さを得られていたはずだ。

常識を外れた強ささえあれば、多少の問題は覆い隠され、仲間の女性たちも見る目を変えることなく許容してくれただろう。

だからこそ、アルフィオはこの戦争に傭兵として参加してでも、仲間たちからの評価を取り戻さなければいけなかった。

「――アルっ!!」

アンティコーワの悲鳴のような声にアルフィオが我に返ると、先ほど倒した巨人の魔族と同等の体軀《たいく》を持つ魔族たちがこちらへ迫っていた。

その数、十数体。おそらくは魔族軍の精鋭部隊だろう。

「に、逃げ……」

逃げよう。アルフィオはそう言いたかったが、〝勇者〟としての矜持《きょうじ》を求めるアンティコーワやアタリーヌから無言の圧力を感じた気がして、最後まで言葉にすることができなかった。

特に聖王国出身であるアタリーヌの〝勇者〟への妄信は常軌を逸している。

仲の悪い〝妹〟が聖女となったことで、それを認めることのできないアタリーヌは、アルフィオに勇者としての誇り高い在り方を示すことを迫った。

裏を返せば、それはまだアルフィオのことを見捨てていない証拠なのだが、当のアルフィオはすでに涙目になっている。

しかし何故、こんなところに魔族軍の精鋭部隊がいるのか？

戦場の中央では人類軍と魔族軍の主力がぶつかろうとしているが、中央を外れたこの辺りでは、各国から派遣された、軍隊ではない傭兵たちの戦場だ。そんな地域へどうして精鋭部隊を出す必要があるのか？

「──【火炎球《ファイアボウル》】──ッ！」

一瞬浮き足立つアルフィオたちの中で、気の強いアタリーヌがいち早く状況を理解し、接近される前に範囲魔術を撃ち放つ。だが……。

「──⁉」

「そんな……姉様の魔術がっ」

先ほどの革鎧《かわよろい》だけの巨人と違いその魔族たちは盾を構えて炎を耐えきり、その勢いのまま駆け抜けた先頭の巨人魔族が、アタリーヌたち貴族姉妹へ斧《おの》を振り上げる。

「アタリーっ！」

チェリアの悲鳴が戦場に響く。戦場では狙撃手であり砲撃手でもある強力な魔術師が最初に狙われるのは当然のことだ。盾になろうとチェリアが走るが間に合わない。

アルフィオなら身体強化の魔術を使い、自分の身体を盾にすれば間に合ったかもしれない。

だが、平和に生きた〝記憶〟があり、この世界で多くの女性を囲って生きることを目標としていたアルフィオに、死の覚悟はなかった。

それでも最後の男としての意地が、彼の足を踏み出させようとしたそのとき——


バシュッ！


「……ぐぉおあああああああああああっ⁉」

唐突に斧を振り下ろした巨人の腕が斬り飛ばされ、苦悶《くもん》の叫びをあげた魔族が何者かに蹴り飛ばされると、その人物は倒れかけたアタリーヌを片腕で支え、まだいる魔族を牽制《けんせい》するように黄金の剣を向けた。

「……リュドリック……様？」

「ああ……。随分と無茶《むちゃ》をしているな、アタリーヌ」

間近で顔を覗かれ、すっかり背も高くなった幼馴染みであるリュドリックの腕の中にいることに気づいて、アタリーヌの顔が一瞬で朱に染まる。

「うがぁああああああああ‼」

突如現れたその〝戦士〟に魔族の精鋭たちが襲いかかる。

——ガキンッ‼

だがリュドリックは背にある盾も使わず、片手の剣でその巨大な斧を微動だにせずに受け止めた。

「オレリーヌっ！」

「は、はい！」

もう一人の従姉《いとこ》であるオレリーヌにアタリーヌを預けると、リュドリックは巨人の斧を受け流し、黄金魔剣で膝を切りつけ、そのまま位置の下がった巨人の頸部《けいぶ》を切り裂いた。

その彼に残りの巨人魔族が襲いかかる。精鋭故にリュドリックを〝英雄級〟の戦士だと認め、油断することなく取り囲むが、リュドリックは慌てることなく盾を用いてその攻撃を捌《さば》き、次々と討ち取っていった。

だが戦場にはまだ敵がいる。精霊の加護を受けた銀の光を放つリュドリックに多くの魔族が押し寄せ、近くにいるアルフィオが声にならない悲鳴をあげる。

だが、それにリュドリックは不敵に笑う。

「俺も一人で来たわけではないぞ」

その瞬間、丘の上から強烈な光が立ち上る。


「――『†§†《光よ》』――」


古代エルフによって人が扱えるように簡略化されたものではない、本当の〝精霊語〟から放たれた一撃が、大地を薙《な》ぎ払《はら》い、数百もの魔族兵を討ち倒した。

その丘の上に黄金の魔剣を掲げた愛らしい少年が、リュドリックに向けて笑みを返す。

『おお、勇者よ!!』

その周囲の傭兵や兵士たちから一斉に彼を讃《たた》える声が響いた。

「ノエルめ、派手にやったな」

その派手な登場にさすがのリュドリックも苦笑する。

単身〝魔獣〟との決着をつけるため、魔族国へ向かった聖女ユールシアの行動は、勇者ノエルと聖戦士リュドリックを、支援軍七千を率いて魔族との戦場へと駆り出した。

勇者と聖戦士なら二人でも魔族国へ向かい、聖女を救援することはできた。

だが二人は、ユールシアが従者だけを連れてほぼ単身で赴いたのは、自分たちを巻き込まないためもあるのだろうが、自分たちの実力では魔獣に及ばないと判断したからだと考えた。

それ以上に、自分たちと同じくユールシアを心配して、魔族国へ赴かんとする者たちもいる。そんな彼らの思いを無視して、自分たちだけで魔族国へ行くことはできなかった。

そして二人が決めたのは、ユールシアの行いを邪魔をするであろう魔族軍の魔将を戦場で討ち取り、陰から彼女を支援し、その上で魔族国へ進軍するというものだ。

ノエルとリュドリックだけで向かうより時間は掛かるだろうが、二人は自分の力不足を認め、全員の力を合わせてユールシアを救う道を選んだ。


「どうして……」

そんな英雄の姿にアルフィオはぼそりと声を漏らす。

「俺って……〝主人公〟じゃないのか……」

遠くに見える〝本物〟の勇者は、光を放ちながら黄金の剣を掲げ、騎士や兵士から讃えられ、王族の友人を持ち、まだ幼いが成長すれば絶世の美女となるだろうお姫様もいる。

アルフィオの仲間の女性たちは窮地を救われたアタリーヌを含め、全員が本物の勇者と英雄の姿を眩《まぶ》しそうに……かつてはアルフィオにも向けていた瞳で彼らを見つめていた。

「おい」

そんなぞんざいな声をかけられ、アルフィオが我に返ると、自分たちに気づいて悠然と近づいてくるリュドリックの姿が目に映る。

二年近く前はアルフィオより低かった背丈も同等かそれ以上に成長し、値段も付けられない高価な魔銀《ミスリル》の鎧に純白のサーコートを身に纏い、黄金魔剣を持った彼の姿に、アルフィオは激しい格の差と劣等感を覚えた。

「……や、やあ殿下！　すまないが俺たちはそんな気安く声を掛け合うほど親しくないだろ？　あんたたちの戦争に参加してやっているのだから、感謝が先じゃないかっ？」

「ああ、感謝しよう」

男の意地を込めたアルフィオの言葉にさすがの仲間たちも目を剝《む》くが、リュドリックはあっさりとそう言ってアルフィオの横を通り過ぎた。

「アタリーヌ……」

「リュドリック様……」

わずかに責めるような瞳を向けられ、アタリーヌが泣きそうな顔になる。

ただ自分の行動を責められただけなら、持ち前の気の強さで反発もしたのだろうが、今はもう、その態度が自分を心配しているからだと分からないほど子どもではなかった。

湧き立つ後悔の念……。アタリーヌは幼い頃より好き放題に生きてきた。母も幼い頃はそうだったという。

情が深すぎる故、コーエル家の女は誰かの気を引くためにそうしたことをする。アタリーヌの不幸は、最も情の深かった母が父親への当てつけとして彼女を諫《いさ》めなかったことだ。

そしてアタリーヌも情が深すぎる故、誰かを守るために今までの自分を捨てることはできなかった。

「わ、わたくしは……っ」

アタリーヌはそれ以上言葉にできず、幼い頃に婚約者であった少年の瞳に耐えきれずに、視線を外すことしかできなかった。

少なくとも、彼や彼らが信じている〝妹〟の本性を暴くまでは……。

戦場の一角でそんなことが行われていても、戦争は続いていた。

「退《の》けいっ!!」

その中を、戦場を横切るように駆け抜ける巨大な魔物と、それを駆る暗黒騎士の一団がいた。

その先頭にいる人物こそ人魔兵団長ダーネルだ。他の師団長がいない今、本来は魔王に代わって全軍を指揮する立場にいる彼だが、魔族軍参謀ギアスにより〝勇者〟の存在を知らされ、ギアスに指揮権を預けることで、ダーネルは一人の魔将として勇者との戦いに赴いた。

「見つけたぞ、勇者ぁああああっ‼」

魔族は強さこそ誉れ。その中でも人族の希望である〝勇者〟は、ダーネルが求める最上の〝好敵手〟であった。

「……魔将か」

その存在を見留《みと》め、ノエルの目が凄《すご》みを増すように細められる。

ガキンッ‼

「ルシアは……〝聖女〟は、どこだっ！」

「聖女だと……知らんな、そんな者は！　戦いの中で気を逸《そ》らすな、勇者っ！」

ユールシアは魔族国へ向かった。もし空を飛んだのでないのなら、必ず彼女はその途中で魔族軍と遭遇するはずだ。

魔族を率いる魔将なら、その情報を知っているはずだ。そう思い、問いただすノエルにダーネルは本当に何も知らなかったが、あえて煽《あお》るような言い方をした。

剣を交えることでダーネルは勇者が〝本物〟だと理解した。その力が想像以上だとも分かり、ダーネルは勇者の真の力を引き出そうとした。

だが、抑制されていた力が解放され、愛する少女を想《おも》う爆発するようなノエルの力は、魔将ダーネルを〝敵〟とすらしなかった。

「それなら……邪魔をするなっ‼」

ノエルを中心に〝光〟が力と共に迸《ほとばし》る。

持っている武器の性能も違いすぎた。過去の勇者候補が持っていた魔銀の大剣も、ノエルが振る一撃で刃が欠け、二撃目で罅《ひび》が入り、三撃目で大剣ごと身体を切り裂かれたダーネルが信じられないものを見るように、唖然《あぜん》とした顔で戦場に崩れ落ちた。

あまりに一方的な戦いと言えない戦闘に周囲が静まる中、ダーネルを感情のない瞳で一瞥《いちべつ》したノエルは――

「ルシア……」

そう寂しげに呟《つぶや》いて、再び魔族軍へ剣を向けた。

魔族の天敵。人類側の殺戮《さつりく》者。

想いを寄せる少女のために、恐るべき小さな修羅は戦場を駆け抜ける。


「……なんということだ」

ギアスは激しい焦りを覚える。

初めは魔王に協力し、悪魔公を呼び出してこの世を地獄にするつもりだった。

魔族すべてを動員して、人族国家にぶつけることで多数の命を奪うつもりだった。

魔族軍の指揮権を騙《だま》し取《と》り、命が消えるだけの泥沼の戦場へ変えるつもりだった。

だが、そのすべてが失敗した。

悪魔公の代わりに制御できない魔獣が現れ、動員した魔族の半数がどこかへ消え、勇者に押しつけたダーネルもあっさりと敗北し、勇者を中心として戦場が動くことで泥沼ではなくなった。

まるで悪夢を見ているようだった。

ギアスはこのために数十年の時を掛けて計画した。このために貴重な時間を使って、魔族国や人族の国家に『魂魄《こんぱく》収拾』の秘術を施し、この時を待っていた。

ギアスの〝目的〟のためには莫大《ばくだい》な数の〝魂〟が必要だった。

まるで、何か巨大な存在の手の平の上で弄ばれているようにさえ思えた。

「……くそっ」

ギアスは小さく呟き、視界の隅にある〝数字〟に目を向ける。

その数は【003】――。ギアスは断腸の思いで収拾していた〝魂〟を注ぎ込むと、その表示が【004】に変わる。

百人分の魂を注ぎ込んでも〝1〟しか増えないカウンター。

本来なら今頃、百万の魂を得て、ギアスの望みは叶うはずだったのだ。

戦場で〝光〟が奔《はし》り、その光を受けた軍勢が崩れて民兵たちが逃げ出していく様子にギアスは奥歯を強く噛《か》みしめる。

「……おのれ、勇者めっ！」

戦場に現れた勇者が〝本物〟であったこともギアスの誤算だった。

魔族の伝承にもある、光の大精霊の加護を得た光の使徒。

〝魔〟たる者の天敵であり、その存在が放つ聖なる光は、悪《あ》しきものを浄化する。

あの〝存在〟が教えてくれた。

悪魔にとっての〝魂〟の価値は、〝想い〟によって決まる……と。

愛情、憎悪、悲哀、憤怒、恐怖、欲望、後悔、嫉妬、快楽、絶望……。それらが複雑に絡み合って魂は悪魔好みに堕《お》ちていく。

だが、勇者や聖女の放つ聖なる光は、それら〝負〟の想いを浄化するのだ。

「……限界か」

ギアスは苦々しく呻《うめ》くように呟くと、飛行の魔術を使い宙へ浮かぶ。そんな彼に弟子たちが困惑した声をあげる。

「ギアス様⁉」

「いったい、どちらへ？」

「すまんな。儂《わし》は良い師匠ではなかったが、せめてお前たちだけでも、この場から離れるがよい」

重々しく発されたギアスらしくない言葉に弟子たちはさらに困惑する。

「どうなされたのですか⁉」

慌てた弟子たちも飛行の魔術を使い後を追いかけようとしたとき、無詠唱で魔術を使う師が唱え始めたその〝呪文〟に、弟子たちは師の正気を疑った。

「――召喚！　出《い》でよ、〝炎の魔人〟――っ！」

空気が変わる。唐突な気温の変化に汗が噴き出した。

戦場の大地に炎が奔り、描かれた巨大な魔法陣に巻き込まれた魔族軍と人類軍の悲鳴が聞こえ、ギアスのほぼすべての魔力や生命力だけでなく、収拾していた百ほどの魂を魔力へ変換し、さらに巻き込まれた兵の魂までも代償として、〝それ〟が魔法陣から姿を現した。

炎の髪に炎の衣を纏う、赤銅《しゃくどう》の肌をした、身の丈十数メートルもある巨人。

〝炎の魔人〟

過去は炎の大精霊とも、竜の炎から生まれたとも言われるその存在は、神の眷属《けんぞく》でありながら正気を失い、数多《あまた》の命を奪ったことで神の怒りを買って、地の底へ封じられたという。

この世界のお伽噺《とぎばなし》にもある、この世の災厄。

その災厄が戦場に現れた。

「……〝すべてを殺せ〟……」

『――ガァアアアアアアアアアアアアアアアアアアアアアアアアアアアアアアッ！！！！』

枯れ木のように涸《か》れ果《は》てたギアスの〝命令〟に、〝炎の魔人〟が歓喜の叫びをあげる。

〝炎の魔人〟を制御することはできない。

それには、ただこの世界に対する破壊衝動しか存在しない。

ギアスが多くの魂を集めるためにこの方法を使わなかったのは、〝炎の魔人〟が『破壊』以外の指示を受け付けず、ギアス自身の命も危険に曝《さら》されるからだ。

今は多くの生命が周囲にあるのでそれに気を取られているが、目の前のすべての破壊が終われば、自分を縛るギアスを殺そうとするだろう。

召喚者のギアスが死ねば、自身が地の底に戻されることも分からずに。

『ガアァアアアアアア‼』

〝炎の魔人〟が広範囲に炎の息を撒き散らす。

人類軍も魔族軍も関係なく襲いかかる津波の如き炎が数千人を呑《の》み込《こ》んだ。

たった一撃で容易《たやす》く命を奪う暴虐の炎。互いに選ばれた兵士故にまだ耐えている者もいたが、消えない炎に次々と倒れていく。

このままではこの場にいる命は遠くなくすべて消え去ることだろう。

だが、その地獄絵図と化した戦場に、いち早く動き出した者がいた。

「――『†§†《光よ》』――」

勇者ノエルの光が炎を切り裂き、命が消えるまで燃えさかる地獄の劫火《ごうか》を浄化する。

「全員、下がれっ‼」

ノエルの声に、我に返った動ける兵士たちは敵味方問わず、隣の者に肩を貸しながらその場を離れようとした。

その光景にギアスが歯ぎしりをして、破壊の邪魔をされた〝炎の魔人〟が怒りの形相でノエルに襲いかかる。

振り下ろされる巨大な拳。それをノエルは跳び避けるが、打ち付けられた大地はひび割れ、そこから噴き出した炎がノエルに迫る。

バシュッ!!

「無事かノエル！」

「リュドリック！」

その炎を銀の光で受け止め、黄金魔剣で散らしたリュドリックがノエルの横に立つ。

「あいつの攻撃は全部俺が受け止める。ノエルは攻撃に集中しろ！」

「……それしかありませんね」

大地の大精霊の加護を得た聖戦士リュドリックの防御力は勇者ノエルを上回る。その隙にノエルが攻撃すれば戦うことは可能だが、それはわずかな希望でしかなかった。

〝炎の魔人〟の力は、天変地異を起こす〝大精霊〟や〝大悪魔〟と同等の《天災級》であり、魔族王が名乗る『魔王』のような役職としての名称ではない、真の意味での〝魔王級〟と呼ばれる存在だ。

ただの人間では傷をつけることもできず、〝勇者〟や〝英雄級〟のような大精霊の加護を得た者でなくては戦うこともできない。

だが、盾となる聖戦士と剣となる勇者がいても、彼らをあらゆる災厄から守る〝聖女〟がいなければ〝魔王級〟は倒せないのだ。

いち早くノエルが斬り込んだことで死者の数は思ったよりも多くない。だが、炎の被害は大きく、動けない者も数千人はいたことで、二人は自分を盾にしてでも〝炎の魔人〟の注意を引かなくてはならなかった。

〝炎の魔人〟が再び大きく息を吸い上げる。

ここで再び炎の息を使われたら、今はまだ瀕死《ひんし》で倒れている者の大部分は死に至る。

意識のある者たちは絶望の中で死を覚悟し、ノエルとリュドリックの二人もわずかな希望を勇気に変えて、黄金魔剣を盾のように構えた。

そのとき——


「——生きることを諦めないで——」


地獄と化した戦場に人々の〝希望〟が舞い降りる。

撒き散らされた炎が天より舞い落ちる黄金の羽毛に搔き消《かけ》された。

その中を舞う、夜空よりも黒く月のように輝く黒と銀の優美なドレスを纏った、金色の天使が黄金の翼をはためかせた。

「……ルシ……ア？」

「……ユールシアっ！」

少年たちの声に、傷ついた人々は顔を上げ、肩に黒猫を乗せた黄金の聖女は金色の天使となって、倒れた人々に向けてそっと美しい翼と共に両腕を広げた。

「――〝黄金の光在《ひかりあ》れ〟――」


輝聖《きせい》魔法の〝癒やし〟の力が黄金の羽毛となって舞い踊る。

残酷な戦場を黄金の羽毛が花吹雪のように舞い、しんしんと降る雪のように傷つき倒れた者たちへ降りそそぐと、瞬く間にすべての傷が癒やされた。

手足を失った者が唖然として再生した己が身体を見つめ、敵も味方も、人類軍も魔族軍も、まるで幼子が初めて天使を見たような顔で天を見上げ……黄金の翼をはためかせた金色の聖女は、そんな者たちへ慈愛に満ちた微笑みを見せた。

その〝微笑み〟に浄化されるように、〝炎の魔人〟は灰となって崩れ、戦場の風に巻かれるように消えていった。

第十二話　戦場の天使になりました

凜涅《リンネ》を肩に乗せた私が戦場へ向けてニコリと笑みを向ける。

その瞬間、何故か場違いに戦場にいた『火の大精霊もどき』の顔が硬直し、私と目が合うと真っ白な灰となって崩れ去っていきました。

いや、なんでやねん。なんで私が微笑みかけると〝自死〟を選ぶのですか⁉

なんか、正気を失っていたのですよね⁉

いやまぁ、どうでもいいのだけど。

とりあえず間に合いましたね。結構、ギリギリでしたが。

だって、急いで戻るには飛んでいかないとダメですよね？　とりあえず輝聖《きせい》魔法で創った〝黄金の翼〟にしてみましたが、誰もツッコんではきませんね。

それに沢山の人が死にそうになっていたので、かなり焦りましたよ。

死にかけて絶望する人間があまりにも愛《いと》おしくて、思わずうっとりと微笑ましく眺めていたら、殺されそうになっていましたから、慌てて回復しましたよ！

勝手に死んだら魂が手に入らなくなるではありませんか、勿体《もったい》ない！

よく考えると全員を癒やす必要はなかった気がしますが……でも、聞いてください！
この、うっかり傷を癒やされてしまった、人間たちの喜びの声を！
『……え？　なんで身体が治っているんだ⁉』
『あれって、聖女様か⁉』
『人間の聖女？　あれが？』
『どうして羽が生えているんだよ⁉』
『聖女様に踏んでほしい』
『さすが、姫様っ！（笑）』
『天使様……？』
『あのヒールで踏んでほしい』
『聖女ってすげーなっ！』
『姫様、羽根っ！（笑）』
『踏んでください！』
『なんで水虫や虫歯まで治っているの⁉』
『何この魔力⁉』
『聖女様、やべぇ！』
……なんかおかしいのが居ますね。
とりあえず爆笑しているサラちゃんとブリちゃんは後でお仕置きです。

「ユールシアっ！」

「ルシアっ！」

いきなり緊張感が切れたようにざわめき出した戦場に響く呼び声に振り返ると、やっぱりリックとノエル君が駆け寄ってくる姿が見えました。

あれ？　リックはちょっと怒っています？　怒られちゃいます？

リックはともかく、ノエル君なんてこのまま抱きついてきそうな勢いではありませんか？　さすがに勇者を止めるような『ていっ』をすると、衝撃波で地面がめくれますよ？

「「――っ!?」」

でも何故か二人は私へ近づく寸前に雷に打たれたように足を止めました。あれ？　どうかしたのかしら？　と首を傾《かし》げるとノエル君が黄金魔剣を私……の肩にいるリンネを向ける。

「ルシアっ！　それから離れて！」

「……ノエル、気をつけろ」

ああ、なるほど……。リンネったら近づいてくる二人を〝威圧〟したのですね？　さっきの大精霊もどきも、きっとリンネに脅《おび》えていたのですよ、たぶん！

どうしてこの二人だけ威圧したのか、後でリンネを問い詰めるとしまして。

「お二人とも、問題ありません。わたくしが〝お話〟をして、わたくしに従っていただけると約束をしてくださいましたわ」

（ほぼ〝物理〟だがな）

（うっさい、リンネ）

リンネがあの『黒い稲妻の悪魔』だと察した二人は唖然《あぜん》としていましたが、ややこしくなるから面倒なことは言わないでね？　と、圧力を込めた笑顔を向けると、最初に溜息《ためいき》を吐《つ》いたリックが剣を納める。

「……諦めろ、ノエル。こいつはこういう奴だ」

「で、でも……」

まだノエル君は納得できないようですが、彼は先ほどの大精霊もどきが消えたこともあって、渋々ですが納得してくれました。……リックの言い方はちょっとアレですが。

「だがユールシア。其方《そなた》が聖女であることは理解しているが、戦場で敵の傷を治すなど……」

「ああ、そうそう、リュドリック兄様。魔王さんですが、あの方ともお話ししまして、戦争を止めることを約束していただきました」

「なんだと⁉」

さらに発した私の言葉に二人が唖然とした顔をする。

（魔王は大変そうだが）

（……え？　問題はなくなりましたよね⁉）

……ざわっ。

『……ま、魔王様が⁉』

『あの娘に説得されたというのか⁉』

『聖女様、すっげーっ』
『え、戦争終わらせたの⁉』
『聖女様、踏んで！』
『あの女、何者だよ！』
『さ・す・が、姫様っ！（笑）』
『姫様、パネェー（笑）』
『聖女ってすげーなっ！』
『踏んでください！』

……また変なのが居ますが、とりあえずサラちゃんとブリちゃんはお仕置き追加です。

それはさておき！（強引）

「皆様、まだ終わってはおりませんよ？　この戦争を起こした人がまだ残っております」

緊張感がゼロになって緩くなりそうな気がしたので話題を変えると、リックやノエル君が顔を引き締め、私も空高くに〝点〟のように見える人物へ視線を向ける。

さぁ、私の狩り場でおいたをするあなたにもお仕置きですよ？

＊＊＊

「なんだ……〝アレ〟は？」

ギアスは突然のことに困惑と激しい憤りを覚える。

もう少しで終わるはずだった。あと少しで望みが叶《かな》うはずだった。

召喚者の命さえ狙う危険な魔人を呼び出し、邪魔をする勇者諸共全員を殺させれば、最低限の魂は集まるはずだった。

なのに、その魔人が黄金の光に浄化されるように消えて、死にかけていた者たちも復活した。

アレが現れたせいで。

「――!?」

その元凶である〝金色の少女〟を睨《にら》みつけようとしたその瞬間、その肩に乗る〝黒猫〟から発せられる鬼気に戦慄した。

「まさか……あの〝魔獣《ビースト》〟だと!?」

世界を戦乱に巻き込むために呼び出した凶悪な悪魔が、まるでただの猫のように少女の肩に乗っていた。しかも、わずかに聞こえた会話から、あの魔王へブラートでさえも説得したという。

ギアスと同じ〝前世〟の記憶を持ち、この世界に絶望していたあの男をどうやって納得させたのか？　それだけでなく〝魔獣〟さえも屈服させたというのか？

ギアスは少女の容姿から、彼女こそが〝真の聖女〟であろうと察する。

強大な魔力を持ち、その大いなる慈愛で傷ついた者たちの身も心も癒やした、本物の聖女。

だが、おかしい。何かがおかしい。

そんなことが〝人間〟の小娘にできるはずがない。

その瞬間、遙《はる》か上空にいるギアスを見上げる、その慈愛に満ちた美しい笑みに、ギアスはまるで飢えた肉食獣と対峙《たいじ》したような、言い知れない〝恐れ〟を覚えた。

アレは……〝聖女〟ではない。

「我が〝神〟よ！　〝邪神〟よ！　〝契約〟により我は求める。異界への門を開《ひら》き給《たま》え‼」

＊＊＊

「あれ……？」

上にいる黒幕らしきお爺《じい》さんが異様な力を見せ始めましたね。魔力も生命力もカラカラに干からびていましたが、さらに何をするつもりでしょう。

（お前が物欲しそうに見るからだろう）

（仕方ないじゃないですか！）

あんたはツッコミ役か！　だって、あんなに苦しそうで辛そうで……ちょっと美味《おい》しそうに見えたのですよ！

それに……なんでしょうね？　妙に気になる〝魂〟をしている。

感じられる魂の波長は……怒り、困惑、恐怖……悲しみといった感じかしら。気になるといっても私と波長が合うのとは違いますが……なんでしょう？

しかもあの魂って……。

(あいつ、〝契約〟されているぞ)

(うん。そうみたいね)

予想通りと言うべきか、他人の契約だからはっきりとしないけど、あのお爺さん……ギアスの魂には明らかに超常の存在と契約をしている痕跡が見えた。

やはり、そのために魂を集めていたのですね……。

この戦場……というか、この地域一帯に奇妙な力の流れを感じる。戦争だからある程度の人は死んでいるはずなのに、魂が拡散した様子がないのです。

沢山の〝経験〟を積んだ魂はその経験値を消費して転生する。それ以外の経験の少ない魂は世界に還元されて再び新たな魂として生まれる。

ギアスはその還元されるべき魂を回収して自分のものとした。

なんて酷《ひど》いことを！

私の従者たちが、うっかりやったのでなくて良かったわ！

(ユールシア、高位存在の気配だ)

(ええ……そのようね)

神か悪魔か、ギアスが何かをしたことで突然地鳴りのような鳴動が起きて、人々がざわめき始める。その力の中心は……。

「そちらの方々。そこにいると危ないですよ」

この騒ぎの中でどうして聞こえたのか、離れた場所を私が指さすとそこにいた人たちが蜘蛛《くも》の子を散らすように離れていきました。

（お前が何かすると思ったのではないか？）

（……え）

違いますよね？

（気をつけろ。地の底が開く）

リンネの声が再び頭に響くと同時に、その大地に〃黒い渦〃が生まれ、逃げ遅れた人々を吸い込み始めた。これはいけませんね。

「――〃黄金の光在《ひかりあ》れ〃――」

彼らを救うために放った輝聖魔法と〃黒い渦〃がぶつかり合い、その衝撃が吸い込まれそうになっていた人々を範囲外に吹き飛ばした。

……大成功です。

（怪我《けが》をしているぞ）

（うっさいわ）

あ……っ。リンネとそんな掛け合いをしているその隙に、お爺さんが黒い渦の中に突入する。

逃げちゃった……。

それはそれとして、この〃黒い渦〃はどうにかしないとまずいかも。

私の輝聖魔法で一旦勢いは落ちていますが、このままではまた周囲を呑《の》み込《こ》み始めるでしょう。

（リンネ、どうにかなりません？）

なんとなく肩のリンネに訊《たず》ねてみますが、彼は人間になど興味もなさそうに欠伸《あくび》をする。

（最悪でもこの周辺が吸い込まれるだけだ。俺が本気になれば壊すこともできるが、その場合はもっと酷いことになるぞ）

（そうですよねぇ……）

リンネは〝魔獣〟……つまり壊す専門です。私は〝魔神《デヴィル》〟ですが〝魔獣〟でもあるので、つまりは細かいことは苦手なのですよ。

大雑把《おおざっぱ》なのではありません。繊細ではないだけです。（重要）

「問題ございません」

「うひっ」

突然、真後ろから声をかけられて仰《の》け反《ぞ》りながら振り返ると、声をかけてきたノアを含めた四人の従者《あくま》たちがそこにいたのです。

ビックリしたわっ！　どこにいたの⁉

「それで、どういたしますの？」

そんなことはおくびにも出さず、冷静に訊ねると、ノアはすべて分かっているとでも言うようにニヤリと笑う。

「お任せを。開け――」

「「「「――〝失楽園《ロストエデン》〟――」」」」

……は？

声を揃《そろ》えた従者たちが鍵のような物で空間をいじると、そこに真っ黒な空間が広がり、蓋をするように〝黒い渦〟を覆い隠した……が。

「失敗しました」

「諦めるのが早いですわっ！」

何がどうなっているの⁉　それに〝失楽園《ロストエデン》〟って私の固有亜空間よね？　どうしてノアたちがその鍵を持っていますの⁉

「こちらから侵食して相手側の固有亜空間を奪う算段でしたが、思ったよりも主人様《あるじ》のお力と拮抗《きっこう》していたようです」

「オゥ……ッ」

静まれ私の中のメリケン人。要するにあのお爺ちゃんが頼った存在が思ったよりも強かったってこと？

現在、〝黒い渦〟は〝失楽園《ロストエデン》〟の侵食を受けながら、拮抗するようにバッチンバッチンと火花をあげています。

なんとかならないの、と言いたいところですが、ノアは、仕事は速いのですけど、基本的に私以外はどうでも良いと考えているので、諦めるのが早いのです。

「では、現状維持でしょうか？」

「保って数時間かと思います」

ノアは、彼の依《よ》り代《しろ》になった人間が横領して、あらためて私があげた懐中時計を開くと、淡々と事実のみを告げる。

「それだとリックやノエル君が逃げられるか微妙ですねぇ。どうしましょ？」

「それなら、中に入ってぶっ壊せばいいんじゃないですか〜？」

「壊したほうが楽ですからね」

「やっちゃえ、やっちゃえ〜」

ニアとティナとファニーがそう言って、悪魔的に笑う。

まぁ、そうするしかありませんね。

（……こいつら、魔界にいたときより性格が破綻していないか？）

（……言わないで）

私が用意した依り代のせいとは限りませんから！

「ルシアっ！」

「ユールシア、何をするつもりだっ」

従者たちと一緒に〝黒い渦〟へ突入する準備をしていると、そこに二人の少年が駆けつけてきました。彼らは……

「ノエル、リュドリック兄様、ここは危険なので皆様の退避誘導をお願いします。このままではこの地域を呑み込んでしまうでしょう」

「其方はどうするつもりだ！」

え？　なんで怒られているの？

「其方、もしやまた、自分だけで危険に飛び込もうとしているのではあるまいな？」

「…………」

そっちですか。結果が良ければ全部オッケーとならないのが人間の難しいところです。

「今回はこちらの〝彼〟も手伝ってくれますので、大丈夫ですよ？」

私が肩に乗る黒猫リンネを指さすと、リンネはリックとノエル君をつまらなそうに見て、フンと鼻で笑う。……なんでしょうね。人間に対して少々大人げない気がしますよ。

リックは、気配を抑えていてもまだ強大なリンネに気圧《けお》されながらも睨み返すと、その視線をそのまま私へ向ける。

「やはり危険はあるのだな？　そいつは本当に信用できるのか？」

「ルシア……。あなたに危険があるのなら、僕は……僕たちは一緒に行くよ」

そう言ったノエル君にリックが強く頷《うなず》く。

「──っ」

「なんだ、これはっ」

私たちのほうへ踏み出そうとしたその途中で、二人は自ら足を止めるように進めなくなる。

ああ、なるほど？　この〝黒い渦〟ですが、内部に〝悪意〟が充満しているようで、悪魔ならともかく、二人のような悪意の薄い人間だと魂が先に進むのを拒否するようですね。獣同然で、本能で戦う魔族の大部分も無理でしょう。

「こんなもの――」

「ダメですよ、ノエル。ここを攻撃したらさらに周囲を吸い込んで大きな被害が出ますから」

今は偶然、水面に顔を出した魚のお口に釣り針が引っかかったような状態です。下手な真似《まね》をして固有亜空間同士の拮抗が崩れたら、空間ごと逃げられて捕捉できなくなるかもしれません。

若干、めんどくせぇ、とは思わなくもないですが、そんな思いで微妙な笑顔を浮かべる私を見てノエル君が剣を止めた。

「僕は、また……」

「また其方に頼るしかないというのか……」

「………」

いや、そんな大それた理由ではありませんからね。

「大丈夫ですよ。時間は掛かっても帰ってきますから」

これ以上会話をすると襤褸《ぼろ》が出そうなので、曖昧な笑みを向けた私は若干足早に悲壮感を漂わせる二人に背を向けて歩き出し、〝黒い渦〟に飛び込んだ。

よし、誤魔化《ごまか》せた。

でもそのとき私は気づきませんでした。

この戦場に私への〝悪意〟を持った者がいることを。

＊＊＊

この場にいる自分以外の魂を捧《ささ》げる――

それが彼……ギアスが選択した〝契約〟だった。

『――よかろう。受け取るがいい――』

〝邪神〟からこの世界で扱える〝知識〟と〝秘術〟を貰《もら》い、赤子の身でありながら魔法を使って、初めて人を殺した。

『――ハハハ、それでいい。だが、まだ足りない。もっと多くの魂を捧げよ。そのときこそお前の望みは叶うだろう――』

そして平凡に生きてきた彼は、これから自分が犯す多くの〝罪〟と向き合うために元の名を捨て、願いを叶えるために、自らを〝誓約《ギアス》〟と名乗ることにした。

それから赤ん坊のギアスは、低級な悪魔を召喚して使役すると、自らを育てさせることで生き延びた。

〝邪神〟と契約をしてから視界の隅に数字が浮かんでいた。

その数は【999】……一日に一つずつ減っていくその数字に不穏なものを感じながらも、まだ赤子であったギアスは何も出来ないまま三年近い月日を過ごした。

日々減っていく数字に言い知れない不安が募る。

ようやく自分の足で外に出られるようになったギアスは、その数字が二桁となったことで、空に声を張り上げた。

「我が呼びかけに応じよ〝邪神〟！　この数字はなんだ⁉」

これまでに何度か呼びかけたこともあった。だが〝邪神〟は気まぐれなのか、ギアスの呼びかけに応じることはなかったが、彼の必死さが伝わったのか、そのとき約三年ぶりに〝邪神〟の声が聞こえた。

『――……まだ魂は集まっていないようだな。何故、我に呼びかけた？――』

「答えろ、〝邪神〟！　この数字はなんだ⁉　何故減っている⁉」

そんなギアスの訴えに〝邪神〟は嘲るように嗤《わら》う。

『――簡単なことだ。その数字が【０００】となったとき、お前の女は〝妻〟でなくなる――』

「……なん……だって」

ギアスの脳に〝邪神〟は直接、〝異界〟の映像を見せる。

その映像には、ギアスの妻である幼馴染《おさななじ》みの姿があった。ギアスがこの世界に生まれ変わってから三年弱……まだ幼さが残っていた幼馴染みも大人の女性となり、儚《はかな》げではあったがそれは彼女をさらに美しく見せた。

「……おお……」

その姿にまだ幼いギアスが滂沱《ぼうだ》の涙を流す。

彼女は元気でいてくれた。彼女はギアスが死んだ後も実家に戻ることなく、二人が暮らしていた安アパートで独り暮らしていた。

ギアスであった夫が亡くなり、どれほど悲しみ、どれほど苦労したのだろう……以前より痩せた妻の姿にギアスは悲しみ、早く戻らなくてはならないと決意を新たにする。

だが……。

「……なんだ……あいつはっ」

そんな彼女に一人の男が話しかけた。顔見知りなのか笑みを返す彼女に、その男はまるで愛の告白でもするように花束を渡していた。

彼女はその行為に困惑する。……だが、彼女は困った顔をしていてもその口元に、はにかむような笑みを浮かべていたことにギアスは衝撃を受けた。

『――その数字は一日ごとに一つ減っていく。その数字が【０００】となったとき、あの女はお前の死を乗り越え、新たな幸せを歩むことになる……くくく、泣かせる良い話ではないか――』

「ふ……ふざけるな‼」

視界の隅にある数字は【０５９】……つまり、あと二ヵ月でギアスの妻は他の男のものとなる。

『――何を憤る？　現世に帰り、妻だった女の新たな幸せを祝ってやれば良かろう？　あの女の許《もと》へ帰るのがお前の〝望み〟なのだから――』

「……そんな……僕は……」

それでは何故、他人を殺してまで生き延びたというのか……。

こんな罪を犯したのも、すべては幼馴染みである妻の許へ帰り、再び夫婦として生きるためだ。

〝邪神〟が異界への扉を開く代償として求めた魂の量は膨大なものだった。それをたった二ヵ月で集められるものではない。

絶望するギアスに〝邪神〟が耳元で囁《ささや》く。

『――ならば、魂を集め、その〝数字〟へ注ぎ込むといい。さすれば刻《とき》は戻るだろう――』

絶望の中にいるギアスには、その希望の光に縋《すが》るしか道はなかった。

魂の力で時間を巻き戻し、必ず妻を取り戻す。

その光が……哀れな虫を誘う誘蛾灯《ゆうがとう》だとしても……。

その日ギアスは、初めて自分の意思で人間の村を襲って全滅させ、血の涙を流しながら視界の隅にある数字を【０６３】に増やした。

そうしてギアスの苦難の日々は始まり、五十年の刻が過ぎた……。

＊＊＊

『――何故、我を呼び出した？　まだ魂は契約数まで集まっていないようだが？――』

異様な空間の中で〝声〟が響く。

その暗い場所は、駄々《だだ》っ広い洞穴のようであり、すべての面が肉のように鳴動する生物のようであり、上も下も分からない迷宮のようでもあった。

「もう……限界だ。これ以上は時間が足りない……」

皮と骨のような姿になり、内臓のように蠢《うごめ》く地面に膝をついたギアスが絶望の涙を流す。

〝邪神〟と契約した、捧げる魂の数は五十万。強い魂なら捧げる数は減らせるが、実際にはそれ以下の魂しかなく、さらに三年の刻を戻そうとすれば追加で十万が必要になる。

『――ほぉ？　何故に諦める？　今、お前が持つ魂の半分でも〝数字〟へ注ぎ込めば、刻は初期値へ戻るだろう？――』

「もう無理なんだっ！　これ以上は僕の身体が保《も》たない！」

転生して五十余年……たった五十年でギアスの身体は百年を生きた老人のように枯れていた。

魂を集めるために無理をして無茶をして、日々減っていく数字を戻すために、せっかく集めた魂も注ぎ込む地獄の日々は、ギアスの肉体と精神を限界まで追い込んだ。

『――それならば諦めるか？　多少年月が過ぎても良かろう？　女が新しい男と子をなして、新たな人生を歩んでいても、奪えばいい――』

空間が蠢くように広がり、その奥に現れた玉座に、蠢く肉が人の形を成すように足を組んだ一人の男が顕《あらわ》れた。

細身の長身に、真っ白な肌の美麗な顔立ち。

血の色をした貴族のような衣装を纏《まと》い、赤錆《あかさび》色の髪を指に絡ませたその男は、金色の蛇のような瞳でギアスを愉《たの》しげに見つめていた。

「……〝魔界天子《まかいてんし》〟……ヒライネス……」

〝邪神〟の正体……。契約を有利なものとするべくギアスが調べ当てたその存在は、ギアスをさらに絶望へと落とすものであった。

魔界の神──七柱しかいない〝悪魔公《デモンロード》〟の一柱。

最高位悪魔、魔界天子《ヘルプリンス》ヒライネス。

「さよう」

ヒライネスは自らの〝声〟を発すると、静かにギアスへ歩み寄り、高位悪魔の鬼気に縛られたギアスの耳元でそっと囁く。

「なぁに、人の心はうつろうものだ。他の男のものとなっても、その男を殺して奪えば、またお前を愛するようになるかもしれぬ。……ふふ、簡単だろう？」

「そんな……」

ヒライネスもギアスが限界だと知っていた。

その肉体だけでなく酷使された精神は、罪の意識で崩壊しかけている。

それならばここで心を壊し、その黒く染まった〝魂〟を回収する時期かと考えた。

「さあ、もう少しだ。殺せ、奪え、今までも罪もない誰かの命をそうして奪ってきただろう？　お前なら簡単なことだ。もしその女がお前のものにならなければ、殺して永遠に自分のものにすればいい……ふははははははははははははははははははははははははははははははっ!!」

＊＊＊

「アルは行かなくてよいのですか？」

「……な、何を言っているんだよ。あの勇者が入れないなら俺だって無理さ」

戦場の片隅で発せられたアンティコーワの言葉に、勇者アルフィオは強がるようにそう返す。

初めての戦争。ほんのわずかな油断で簡単に人が死んでいく。

そこで見た本物の勇者の力は驚異的だった。その勇者さえも追い込んだ〝炎の魔人〟。それを呼び出した敵将さえも恐れる真の聖女は、瞬く間に数万の傷ついた者を癒やして戦争を止めてみせた。

あんなものは本当のチートだと、アルフィオは世界の不公平を感じた。

しかもその聖女は、魔族との戦争を止めただけでなく、戦争を起こした悪を倒すため、勇者さえも弾かれた〝黒い渦〟へ、たった数名の従者を連れて突入した。

その地獄の底へと続くような〝黒い渦〟は、まるで世界を滅ぼす裏ボスでもいるような邪悪な気配を発し続け、魔族と人間たちに事の深刻さを否《いや》が応《おう》でも理解させた。

アルフィオは今まで、本当の意味で命を懸けて戦ったことがない。

前世の記憶を持つ故に自分の命は大事だった。簡単に人が死んでいくこの世界で、アルフィオは自ら死地へ赴く者を愚かと考え、勝てる戦いしかしていない。

そんな彼の感性では、ただの名声のためにあんな〝黒い渦〟に飛び込むなどあり得なかった。

だがアンティコーワは、同じく聖女と呼ばれ、あれほどの力の差を見せつけられながらも、アルフィオに真の勇者と同じ〝勇気〟を求めた。

自分たちが偽物でもいい。それでも〝矜持《きょうじ》〟だけは本物であると、ずっとアルフィオと共にいたアンティコーワは信じていたが、その彼の態度に深く溜息を吐《つ》く。

「そうですか……では、わたくしはこれから、自分の道を歩ませていただきますわ」

「え……アンコ？」

アンティコーワは思わず伸ばされたアルフィオの手を払いのけ、さっさと自分の荷物を背負い直した。

「行きましょう、チェリア」

「ええ、そうね」

「お、おい、チェリア⁉」

戦士のチェリアも荷物を背負い直してアンティコーワの横に並ぶのを見て、アルフィオが目を剝《む》くと、彼女は申し訳なさそうに口を開く。

「えっとね……アル。あなたが〝勇者〟ならお手伝いをしたかったのだけど、そろそろ身を固めなさい、って親が手紙でうるさくて……だから実家に帰るね」

色々と理由は付けているが、勇者でないアルフィオに付き合ってやる理由はないらしい。

「お、おい……冗談だよな？」

「じゃあね、今まで楽しかったわ。私はアンコの護衛をしながらシグレスまで帰るから」

「では、お世話になりましたわ。チェリア、行きましょう」

掠《かす》れた声で呼び止めるアルフィオの声がまるで聞こえなかったように、二人は振り返りもせずに戦場から去って行った。

「……なん……だよ……」

ずっと一緒にいた二人の女性に去られたアルフィオが、力尽きたように膝をつく。

最初は三人で一緒に旅をした。へたれなアルフィオは一線こそ越えられなかったが、そんな恋人たちの心変わりに打ちのめされた。

アルフィオはただ平和に生きて恋人たちと楽しく暮らしていきたかっただけだ。それの何処が悪いのか？　勇者の矜持？　アルフィオの理論では勝ったものが勇者だ。勝って目立った者が勇者と讃《たた》えられ、女の子が寄ってくる。

矜持のために戦って死ぬより、生きて楽しく暮らしたほうが何倍もいいじゃないか？

そんな答えの出ない疑問に打ちひしがれて下を向くアルフィオに、そっと一つの影が近づいた。

「あ、あの……アル様？」

「………………オレリー？」

まだ一人残っていた。その声の主がオレリーヌだと分かり、淀《よど》んだ目で顔を上げる。

よくよく思い出してみれば、アルフィオはオレリーヌと会話をした記憶がほとんどなかった。アルフィオにとって彼女は『美人貴族姉妹の妹のほう』であり、彼女たち姉妹をコストル教会から紹介されたとき、オレリーヌはまだ十一歳であり、十二歳で色々と育っていた姉と違って、ただの子どもにしか見えなかったのだ。

オレリーヌもあまり人前に出るタイプではなく、会話は主に気の強い姉ばかりがしていた。アルフィオも色々育っている美人姉の気を引くことに忙しく、妹はあまり目に入らなかった。

「えっと……」

そしてオレリーヌもまた、そんな自分のことを理解していた。

姉がいなければ何もできない妹。姉の後ばかりを追いかけ、姉の真似ばかりをし続けた。

自信がない。自分がない。姉はそんなオレリーヌのことを理解し、自分の真似ばかりする妹を見守ってくれていた。

でも、今日は違う。その庇護《ひご》がない今、オレリーヌはようやく自分の意志で一歩を踏み出す。

オレリーヌは初めてアルフィオと会ったとき、彼に好感を持った。

聖王国の人間らしく〝勇者〟に憧れてはいたが、オレリーヌはアルフィオの見栄《みえ》を張って頑張っている姿に共感したのだ。

オレリーヌは人一倍臆病だから他人のことを理解しようとよく見ていた。だからこそ、あの腹違いの妹のことが怖くて苦手だった。

でも、アルフィオは強い人間ではない。虚勢を張り、見栄を張り、調子に乗った、少し頑張った人間であり、それはオレリーヌがやろうとして出来なかったことだった。

だからオレリーヌはアルフィオが逃げても失望はしなかった。そんな弱くても頑張っている人間だと理解していたからだ。

「あ、アル様……元気を出してくださいっ。あの二人だって、えっと、その……頑張れば、きっと戻ってきてくれますよ！」

初めての自分の言葉で、たどたどしくもアルフィオを励ました。

「オレリー……」

アルフィオの淀んだ瞳に、わずかに光が戻る。

オレリーヌのことをまともに見てはいなかった。でも、こうして見ることで本当の彼女のことが見えた気がした。

弱気で、自分がなくて、自信がない。でも、誰よりも優しく、本当の自分を見てくれていたオレリーヌの姿が涙で滲《にじ》む。

「あ、アル様……？」

「オレリーぃいいいいっ‼」

「きゃあああああああああっ⁉」

涙目で腹に顔を埋めるように抱きついてきたアルフィオに、オレリーヌは悲鳴をあげながら尻餅をつく。

「俺がバカだったぁあああああ……オレリーだけが俺を理解してくれていたんだぁああっ！一緒にシグレスに帰ろう！　実家を継ぐ！　農家をする！　食品加工も品種改良も本気でやる！絶対貧乏なんてさせない！　浮気もしない！　だから、俺と結婚してくれぇえええええええええええええええええええええええ！」

「え、あ、はい。…………ぇえええええええええええええええええええええ⁉」

突然のことに目を白黒させながら思わず承諾してしまったオレリーヌは、そんな自分に驚きながらも、子どものように自分のお腹《なか》の上で泣いているアルフィオの頭を優しく撫《な》でる。

人として生きる『勇気』をアルフィオは二度目の人生でやっと手に入れ、オレリーヌも初めて自分の意志で人と向き合うことができた。

「あ、……私、今年十五になって、成人したので結婚……できます」

「やった！　家族に紹介していい⁉」

「は、はい……」

この状況を先ほどの二人が知ったらなんと言うだろう。

驚くだろうか？　祝福してくれるだろうか？　それとも……

「あ……」

「え、今度はどうしたの？」

「いえ……」

シグレスの勇者（仮）一行の中で常に最後尾を歩いていたオレリーヌは、最後の街を逃げるように出るとき、壁に貼られていた〝手配書〟を見ることができた。

（……もうあの国の話題はするなって言うから言えませんでしたが、エルフは珍しいから、手配書にアンコさんの特徴が載っていましたけど、二人とも街へ入って大丈夫でしょうか……）

それに……。

（お姉様、どちらへ……？）

アルフィオの騒ぎでそれどころではなかったが、姿の見えない姉のアタリーヌがいつから居なかったのか、オレリーヌはついぞ思い出すことができなかった。

第十三話　悪魔公女

「ふはははははははははははははははははっ‼」

「あはははははははははははははははははっ‼」

「はぁあっ⁉」

魔界天子《まかいてんし》ヒライネスは、高笑いをあげていた自分の〝隣〟で一緒に高笑いをあげる〝少女〟に気づいて、ぎょっとして跳び離れた。

「き、きき、貴様っ！」

「あら、初めまして。お邪魔しておりますわ」

卵焼きに交じった殻の欠片《かけら》ほどの緊張感もなく、その〝金色の少女〟は、黒地に銀糸のドレスの裾を優雅に摘まみながら、見ているものが不安になるような朗らかな笑みを見せた。

「ここは我が固有亜空間だぞ！　貴様ら、何故ここに居る⁉」

驚愕《きょうがく》の表情で警戒するヒライネスに金色の少女は少しだけ目を細めて、肩に乗る黒猫へと話しかけた。

「リンネ、お知り合いかしら？」

『……知らんな』

「ざっけんな、貴様ら！」

自分の固有亜空間に突如侵入してきた〝二柱〟にヒライネスは牙を剝《む》き出《だ》し、金色の少女のほうを勢いよく指さす。

「特に貴様っ！〝初めまして〟だと⁉ 人間の依《よ》り代《しろ》などで誤魔化《ごまか》そうとしても、そうはいかんぞ、〝金色《きんいろ》の獣《けもの》〟め！ これを見てもそんなことが言えるか！」

ヒライネスは赤銹《あかさび》色の前髪を上げて額を金色の少女へ見せつける。

「あら、可愛《かわい》い」

「可愛くないわっ‼」

ヒライネスの額にはくっきりと〝肉球〟の跡が残っていた。

「魔界でくつろいでいた私に高速で突っ込んできた貴様が、いきなり肉球パンチをかまして逃げていっただろうが！」

「…………」

『そんなことをしたのか、ユールシア？』

まったく覚えてなさそうに首を傾《かし》げる少女に、黒猫がジト目を向ける。

そんな黒猫の態度にヒライネスは一瞬癒やされそうになったが、この〝暗《くら》い獣《けもの》〟も大概だ。

広大な魔界の中で、ヒライネスの縄張りは〝暗い獣〟の縄張りとは隣接していると言ってもよい状況だったが、以前はさほど縄張りには興味のない〝暗い獣〟と争うことはなかった。

そこに〝金色の獣〟という〝暗い獣〟に準じる高位悪魔が現れ、魔界の最高位悪魔たちは常に警戒しなくてはならなくなった。

その〝金色の獣〟が突如消えると、それまで縄張りを離れることのなかった〝暗い獣〟が各地で暴れ始め、ヒライネスの縄張りにも被害が出ただけでなく、ヒライネスと同じ〝悪魔公《デモンロード》〟の一柱さえも滅ぼし、魔界全土に衝撃を与えた。

よくよく考えてみれば全部〝金色の獣〟のせいではないかと、魔界に現れたこの奇妙《イレギュラー》な悪魔を睨《にら》みつける。

（……しかも、〝リンネ〟に〝ユールシア〟だと？　いつの間に〝名〟を得た⁉）

名を得た悪魔はその存在が格段に安定し、力も増す。

魔界で生まれそのまま強大となった悪魔は名付けをされる機会を失い、他の高位悪魔に滅ぼされるのが常であるが、〝魔獣《ビースト》〟故の暴虐性がそれを許さなかった。

〝金色の獣〟……ユールシアのほうは、名と依り代を得て、真の最高位悪魔になったとしても、その力はまだヒライネスのほうが上だ。リンネにしても名を得て力が増したとて、物質界では依り代を得ているヒライネスのほうが上手《うま》く立ち回れるだろう。

だが、この〝二柱〟が力を合わせたらどうなるか分からない。

特に人間にしか見えない完璧な依り代を得て、〝魔獣《ビースト》〟から〝魔神《デヴィル》〟へ変質したように見えるユールシアは、本当に訳が分からなかった。

ここで戦うのは得策ではないとヒライネスは結論を出す。

「……まぁいいさ。ユールシア、そしてリンネよ。ようこそ、我がヒライネスの居城へ……と言いたいところだが、本当にどうやってここまできた？　ここは我が迷宮《ラビリンス》。たとえ最高位悪魔である君らであろうと、そう簡単に辿《たど》り着《つ》けないはずだよ」

魔界の神である最高位悪魔〝悪魔公《デモンロード》〟の中にも格の差は存在する。ヒライネスは他の高位悪魔に対抗するため、自分の固有亜空間を入り込むのも出ることも難しい迷宮とした。

ヒライネスはできるだけ余裕を見せるように前髪をかき上げ、笑みを浮かべる。

「肉球が……」

「お前のせいだろうが！」

ただの〝跡〟のはずなのに、何故か消えてくれず、思わずヒライネスもツッコんだ。

そんなヒライネスに、ユールシアはおっとりと片手を頬《ほお》に当てて不思議そうな顔をする。

「でも、辿り着けないとは……わたくし、真《ま》っ直《す》ぐに歩いていただけですが」

『それはお前だけだ、ユールシア。俺でもお前の肩に乗っていなければ、辿り着くのに時間が掛かったはずだ。その証拠にあの四体はまだ辿り着けていない』

「あら、本当ですわ」

ユールシアは指を口元に当てて優雅に微笑む。

魔界の神である最高位悪魔──〝悪魔公《デモンロード》〟〝魔獣《ビースト》〟〝魔神《デヴィル》〟という三種三柱が、こんな世界の十分の一程度しかない空間に揃《そろ》うなど、歴史上一度もなかったはずだ。

だが、この〝緩い〟雰囲気はなんなのか？

支配者級とも言われる最高位悪魔が三柱も揃えば、自然発生した魔素と瘴《しょう》気《き》が大気を腐らせ、時空間さえも乱れ、知性のない最下級悪魔が無制限に生み出される第二の魔界と化してもおかしくないというのに、ただの人間であるギアスさえもまだ死なずに原形を保っていた。

「ところで平井さん」

「誰だ、それは⁉」

言葉の響きから自分のことを言っていると分かりながらも、思わずヒライネスがツッコむと、柔らかな笑みを浮かべていたユールシアの雰囲気が変わり、コールタールのようなぬめりとした気配が滲《にじ》む。

「それ、わたくしにくださらない？」

「……これか？　これが私と〝契約〟していると知っての発言か？　若き悪魔よ」

ユールシアが指さすそこには、三柱の最高位悪魔に囲まれ、気がおかしくなる寸前で気絶することすら許されずに痙攣《けいれん》するギアスがいた。

そのあまりの〝普通〟な反応に、思わずホッコリとするヒライネス。

それはともかく悪魔の契約は絶対だ。どんな理由があろうとそれを自分の意志で反故《ほご》にしようとすれば、悪魔にとって自己否定となり、己の存在自体を危うくする。

それに他の悪魔が手を出そうとするなら、存在自体を懸けたどちらかが滅びるまでの完全敵対を意味していた。

それを知らない悪魔はいない。ましてや〝悪魔公《デモンロード》〟であるヒライネスと完全敵対を選ぶ存在など高位悪魔の中にもいなかった。

それなのに……。

「そう言っていますわ。お猿さん、い？」

華のような可憐《かれん》な笑みを浮かべる悪魔の少女。

その〝一言〟に、ヒライネスの顔が己の本性である〝猿面〟に歪《ゆが》み、可憐な〝魔神〟の肩にいる〝魔獣〟が静かに溜息《ためいき》を吐《つ》く。

その次の瞬間――

ヒライネスとユールシアの手が同時にギアスへ伸ばされ、互いの力を弾き合う目に見えない攻防に黒い火花が散り、ギアスを片手で掴《つか》んだヒライネスが後方に跳《と》び退《の》いた。

ユールシアのドレスの袖が裂け、ヒライネスは頬から黒い血を流しながらもニヤリと嗤《わら》う。

「さすがは魔界最速。だが、ここは私の〝勝ち〟とさせてもらおう」

そう言うと、ヒライネスの周囲の空間が伸縮し、その姿はギアスごと闇に生まれた大扉の中へと消えていった。

＊＊＊

「……逃げられましたね」

速さでは私が勝っていましたのに……。名残惜しく、蠢《うごめ》く骸骨が張り付いた趣味の悪い大扉を見ていると、黒猫リンネが肉球で頬をつつく。

『あれでも、あやつは魔界の神として恐れられた〝悪魔公《デモンロード》〟だ。〝大悪魔《アークデーモン》〟程度なら今の攻防で消滅しているぞ』

「年季が足りませんかぁ」

さすがに強いですね。リンネと戦った経験がなかったら危なかったかも。

あれでも数千年は〝悪魔公《デモンロード》〟として存在しているし、最高位悪魔の中には十万年も存在しているのもいるらしいから、本当にとんでもない世界だわ。

『追うつもりか？』

「そのつもりですわ」

『やめておけ。ここまではすんなりと来られたが、あの大扉の向こうは、おそらくここことは違う次元だ。おそらく奴は空間を操る悪魔なのだろう。いくら数多《あまた》の次元を旅すると言われる〝魔神《デヴィル》〟でも、簡単に戻れなくなるぞ』

私の魔力を吸って勝手にウネウネ再生するドレスを確認して、大扉のほうへ足を向ける私にリンネが珍しく忠告をしてきた。

「そうですねぇ……」

元の次元に帰れなくなるのは困りますが、妙に心惹《ひ》かれると言いますか、ギアスをあれに渡すのは惜しい気がするのです。

……何故でしょう？

「主人様《あるじ》っ！」

「ユールシア様！」

そこに声が聞こえて振り返ると、ようやく追いついてきた従者たちの姿が見えました。私と繋《つな》がりのあるこの子たちですら合流するのにこれだけ時間が掛かるのなら、本当に面倒な空間のようですね。

とりあえず全員、はぐれずに揃ったようで……あれ？

「一人多いようですが？」

「失礼いたしました。来る途中、主人様の〝もの〟が迷っておりましたので、回収いたしました」

ティナが小脇に抱えていたその〝人物〟を私の前に適当に落とす。

雑ですわ……でも。

「あらあらまぁまぁ！」

「……っ、ユールシア……ッ」

まさか、こんな場所でお会いできるとはっ！

「アタリーヌお姉様ではありませんか！　こんな場所で奇遇ですわねっ」

久しぶりに道でばったり出会ったように笑顔を浮かべる私を、アタリーヌお姉様は歯を剝き出すように睨んでくれました！

ああもぉ！　本当になんて素敵なのでしょう！

「そんな、はしたないことをしたら、せっかくの可愛らしいお顔が台無しですわよ」

「うるさい！　やっぱり、あんた最初から魔族と関係があったのね！　その魔獣があんたの〝使い魔〟になっているのが、その証拠よ！　あんたが操っていたんでしょ！」

「そんなことを言うために、こんな危険な場所へ？　これは〝愛〟でしょうか」

「ふざけないで、罪を認めなさい！」

「あらあらうふふ」

もぉ！　本当にお姉様で遊ぶのは愉《たの》しいですわ！

一時は勇者（笑）一行に入って本当にぐれてしまったのかと心配しましたが、本当にほどよく熟成されて、あのとき放置して正解でしたね。

けれど、こんなところにいたら魂に悪影響が出ますから退場していただきましょう。

「ファニー、お姉様をお外にお連れしてあげて。帰ってから愉しむから」

「はぁい」

「ふざけないで、って言っているでしょ！　あんたの悪事を暴いて、わたくしはっ」

「ユールシア様はどうなさるので？」

「わたくしを見なさい！」

「この先の空間が歪んで迷路になっていますの……ノアには策がありますの？」

「ちょっと！」

「では、配下を千体ほど先行させましょう。それで正解がある程度絞れるかと」

「……え？　千体？　配下？　聞いていませんわっ」

「聞きなさいよ！」

真面目なお話の最中に大声を出して、はしたないですわ、お姉様。

まぁ、ノアも他の子たちも、私がお姉様の退場を決めた時点で、すでにまるで彼女が存在しないかのように対応していますけど。

「ええいっ！」

「……え？」

まったく警戒していなかった……しかもなんの力もない〝人間〟の不意打ちで、私はリンネを肩から落として、突き飛ばしたお姉様と一緒に大扉に吸い込まれた。

そして……。

「……やってくれましたね」

「……ふん！」

吸い込まれた先は先ほどまでと同じようで、まったく違う次元でした。

現世とほんのわずかしか違いはありませんが、妖精界と同じで、人間が長居すると魂や肉体が変異するかもしれません。

〝ユールシアっ！〟

〝主人様、ご無事ですか⁉〟

開いたままの大扉からリンネや従者たちの声が聞こえました。少しノイズはありますが、とりあえず、完全に遮断された次元ではないようです。

〝今からそちらへ行く！〟

「いけません。さきほど吸い込まれた感覚だと、また違う場所に飛ばされてしまうかもしれません」

私はそっと大扉の闇に手で触れる。これはあかん。

「やはりこの扉で戻るのは無理なようです。他を探してみるので、あなたたちはわたくしの気配を追ってきてくださいな」

〝わかりました！〟

〝……無理はするなよ〟

「ええ、リンネ」

さて……。

「二人きりになりましたね……お姉様」

＊＊＊

「二人きりになりましたね……お姉様」

大扉から響いていた他の者の〝声〟が聞こえなくなり、目の前の〝少女〟がそんな言葉を暗い部屋に零《こぼ》した。

ユールシア・フォン・ヴェルセニア。聖王国タリテルドの〝姫〟であり、〝聖王国の聖女〟として認められ、民から〝真の聖女〟と讃《たた》えられる、アタリーヌの異母妹だ。

その認められない〝妹〟からの言葉に、アタリーヌは何も返すことができなかった。

アタリーヌは何かが起きたと察して、仲間たちを置いて渦の方へ一人向かった。妹のオレリーヌを置いてきたのは、そこにあの人が居て、急がなければ悪いことが起きると思ったからだ。

聖王国の〝勇者〟や〝聖戦士〟でさえも入れない、邪悪な気配を放つ〝黒い渦〟にユールシアは突入し、それを心配するあの人の横顔を見て胸を締め付けられる思いがした。

それと同時に勝手をするユールシアに憤りを覚えた。あれはまともな人間ではない。きっと裏の顔があり、皆は表の顔に騙《だま》されている。

だからこそアタリーヌは、ユールシアの本当の顔を暴くため、〝悪意〟を持たなければ入れない〝黒い渦〟へと単身乗り込んだ。

そのとき……アタリーヌを止めようとする〝あの人〟の声が聞こえたが、その声が逆にアタリーヌの躊躇《ちゅうちょ》を消し去った。

だが、ただの人間であるアタリーヌは悪魔の迷宮に迷い、ユールシアの従者に助けられ、その主人であるユールシアを大扉に突き飛ばして今に至っている。

「…………」

ユールシアの言いたいことは分かっていた。彼女たちの会話を思い出せば、すでにここは元の場所ではなく、もう戻れないかもしれないと気づいて血の気が引く。

そんなアタリーヌをユールシアは、優しい瞳で見つめてくる。

「もう元の場所には戻れませんね。あの世界に通じているかも分かりませんね。ここは迷宮なので脱出に何ヵ月掛かるのでしょうね。食べ物も飲み物もありませんね。ここの空気もどのくらい保《も》つのかしらね？」

「う、うるさい！」

淡々と事実を告げてくるユールシアに思わずアタリーヌが叫ぶ。

こんな状況なのにまるで愉しんでいるようなユールシアの態度は、自らの短慮で危機的状況に追い込まれたことを責めているようだった。

「何度も飛び込めば、いつか元の世界に……」

その状況を打開するためアタリーヌは知恵を巡らせた。諦めなければいつか戻れる。そんな希望はユールシアの言葉であっさりと打ち砕かれる。

「次は空気があるのかも分かりませんよ？　水の中？　溶岩の中？　それとも妖精界かしら？　まともな空間に落ちただけでも、とても幸運だったのですよ？」

「そんな……」

確かにその可能性はある。業腹《ごうはら》だが知識がある故にその言葉を否定できず、アタリーヌは力が抜けるように膝をついた。

「でも、お姉様は素晴らしいわ。オレリーヌお姉様を連れてこなかったのですから」

「うるさい……」

「あの方では半日で心を壊されてしまうでしょう？　アタリーヌお姉様は何日耐えられますか？」

「うるさい、うるさい、うるさぁい‼」

「大きな声を出すと、体力と気力を消耗しますよ。喉は渇きませんか?」

「…………」

言われれば喉が渇いているような気がする。荷物もどこかへ消えてしまった。本当に着の身着のままでここから抜け出さないといけない。

〝死〟という単語が脳裏に浮かぶ。それを実感することで心はさらに冷えていった。

「どうなさいますか、お姉様」

そんなことが分かるはずもない。

「わたくしたちは、ここで死んでしまうかもしれませんね」

もう、どうしようもない。

「そこまでして、わたくしに死んでほしかったのですか?」

その言葉にアタリーヌは思わず顔を上げた。

「……違う」

「では、どうして?」

さらに優しく責め立てるユールシアに悔しくて……でも、後悔から思わず涙が滲む。

「……あんたが……怪しいから」

「どうして?」

振り絞った心の吐露にユールシアがさらに踏み込んでくる。

「怖くて……人間ではないみたいで……」

「そうなのですね」

そんな酷《ひど》いことを言われても、ユールシアはまるで気にしないかのように微笑んでいた。

「だから、殺してしまおうと？」

「違う！　あんただってお父様の娘だから！　そんなことをしたらお父様が悲しまれるわ！」

「これまで、あれほどお父様に逆らってきたのに？」

「ち、違う！」

「では、どうして？」

ユールシアは変わらぬ笑顔のまま何度もアタリーヌを責め立てる。

その一言一言がアタリーヌの心に罅《ひび》を入れ、そこから決壊するように涙が零れ始めた。

「……お父様が大好き……。お母様もお父様が大好きなのに、酷いことを言って傷つけた。でも、私たちがお父様に懐けばお母様が悲しまれるじゃない！　だから酷いことをいっぱい言った！　オレリーヌにも言わせたの……」

優しくて素敵で、大好きなお父様。

母のアルベティーヌは父を本当に愛していながらも、間違いを続け、素直になれずに傷つけ続けた。だからアタリーヌはそんな母親に寄り添うため、自ら〝悪役〟となるしかなかった。

でもそれは愛する父をさらに傷つけ、自分たちからも遠ざけることになり、オレリーヌからも父親を奪ってしまった。

死を意識して初めて吐露した心の声。そんな後悔の念に苛《さいな》まれ、涙を流すアタリーヌにユールシアはまるで懺悔《ざんげ》を聞く修道女のようにそっと囁《ささや》く。

「素直になれませんか？」

そんな言葉に一瞬頷《うなず》きそうになる首を横に振る。

「もう……無理よ。悪いことも酷いこともいっぱいしたわ。こんなわたくしを、城の者が受け入れてくれるはずがないもの……」

「わたくしと初めて会ったときも酷いことをされました」

「………………」

「それほど、わたくしがお嫌いでしたか？」

確かに酷いことをした。でもその理由を口にするのも憚《はばか》られた。しかし、それを止めるはずの心の殻はすでに壊れていた。

「……ええ、嫌いよ。お母様を失い、貴族の誇りも無くし、お父様の愛もすべて、わたくしたちから奪った、あんたのお母様と、あんたが嫌いで……」

変わらぬ笑顔のユールシアの笑みが涙で滲む。

「……羨ましかった……」

壊れた心の殻から隠していた言葉がこぼれ落ちていく。

「……あんたが……リュドリック様と……仲が良くて……」

「彼にも酷いことをしたの？」

「そうよ。小さい頃に会って……年下で……可愛くて……好きになって……気を引きたくて……沢山酷いことして……ひっく……そしたら、婚約……なくなって……わたくし……」

それは小さな女の子の恋の物語。

幼い頃に出会って恋をした年下の男の子。

彼に振り向いてほしくて、でもその方法を知らなくて、気の強い女の子は年下の男の子に素直になれなくて、周りの人に迷惑をかけることでしか自分を示すことができなかった。

そのせいで王家から婚約を解消され、そのせいでさらにさらに心が荒れて、それでも女の子は悪いことを繰り返すしか、誰かの気を引く方法を知らなかった。

それでも大好きで、まだ大好きで……。

「怖い子のわたくしから、彼を守ろうとしたのね」

「……うん」

「……お姉…さま」

「……え？」

聞こえたその震える声に、思わず顔を上げようとしたアタリーヌの胸元へ、ユールシアが抱きつくように飛び込んできた。

「……ユールシア……」

「お姉様」

首にしがみつく彼女の震える声に、アタリーヌは自分の思い違いに気づく。

先ほどまでの言葉は短慮を起こしたアタリーヌを責める言葉ではなかった。ユールシアは強い言葉を使ってでも心の殻を壊し、自分の本当の心を引き出してくれたのだ。

聖女だからではない。ユールシアはこれまでも〝姉〟を心配してそうしてくれたのだと初めて気づき、アタリーヌはそんな愛《いと》しい〝妹〟を強く抱きしめた。

「……ごめんなさい……ごめんなさい……ユールシア……こんな酷いお姉様で……」

アタリーヌが震える声でユールシアに謝罪する。

寂しかったから、知らなかったから、仕方なかったから……どんな理由があろうとアタリーヌがした罪は消えることはない。それを止めるべき母がいなかったことも言い訳にはならない。

ここで死ぬかもしれないこともアタリーヌへの罰なのかもしれない。

でも、そんな自分の罰に、聖女である妹を巻き込んでしまったことに後悔の念が湧き上がる。

「いいのですよ」

「……ユールシア」

だが妹は姉を許してくれた。今まで嫉妬があったとしてもどうしてここまで嫌っていたのか、アタリーヌは自分でも分からなくなった。

おそらくはその天上の神が創り賜《たも》うた完璧な美しさのせいだろう。

抱きついていたユールシアが静かに顔を上げて、アタリーヌはそんな妹の顔を覗《のぞ》き込《こ》み……

「――!?」

その愛らしい唇が飢えた獣の如く牙を剝き、その美しい瞳が真紅に染まり、〝悪魔〟の相貌に悲鳴をあげようとしたアタリーヌの喉に牙を突き立てた。

何が起きているのか？　何をされているのか？　魂が吸われていく本能的な恐怖に振り払おうとしたアタリーヌの腕を、黄金のコウモリの翼が優しく押さえ込み、包み込むように抱きしめた。

何も分からない。心が絶望に染まる中でアタリーヌは最後に思う。


――自分の直感は何も間違ってはいなかった――


「……ぁ……」

小さく声を漏らしたアタリーヌの瞳から一粒の涙が零れた。

その涙をユールシアが真っ赤な舌で舐《な》め取《と》り、動かなくなったアタリーヌをそっと横たえる。

「可愛い、可愛い、アタリーヌお姉様……もう苦しむことはありません。これからは大好きなお父様の許《もと》で、すべてを忘れて沢山甘えてくださいね」

ユールシアは温かなアタリーヌの頬をそっと撫《な》でると、慈しむように優しく微笑んだ。

＊＊＊

…………ついい、やってしまいました。

でも……もぉ、本当に……最ッ高ぉおってでしたわ、アタリーヌお姉様。

天上の甘味の如くまろやかで癖がなく、微《かす》かな青臭さが極上のメロンのようで、絶望が途中からコクのある苦みを加え、以前食したあの美人さんにも匹敵する、まるで最高級のチョコレートのようでございました。

私は真っ黒なハンカチを取り出し、お姫様らしく血に濡《ぬ》れた唇を上品に拭う。

どんな姫だよ。（セルフツッコミ）

アタリーヌお姉様とは〝契約〟をしておりませんがガバではありません。そう……途中で気づいたとか、そんなガバではないのです。（重要）

こんな時間を掛けて育てた美味なものを一度で食してしまうなど勿体《もったい》ない。そこで私はあえて生かして魂を吸い尽くさず、半分残しておきました。

実験のようなものですが、半分残した魂が回復すればもう一度味わえると考えたのです。

お父様のためでもあるのですよ？　あの方はお姉様方のことでずっと心を痛めていらっしゃいましたから、魂の〝経験値〟を半分も失い、子どものようになった娘が戻ってくれれば大変お喜びになるでしょう。

それでも同じことを繰り返すのかしら？　それはお姉様次第ですわ。

あえて契約しなかったのも、下手に不信感を抱かせて味に雑味を混ぜたくなかったのと、契約すると他の悪魔にも分かりますから、それらに目を付けられないようにするためです。

今回は血もほとんど飲んでいないので身体に影響はありませんから、吸血鬼化も起こらないので安心です。

「……この場での記憶も消さないとダメですね。ファニーなら簡単なのですが……私だって
こうしてこう……。あれ？　うん、大丈夫……たぶん。」

「……ファニーちゃ～～ん、まだいますか～？」

私が大扉に呼びかけると、しばらくして返事が戻ってくる。

〝どうしたの～？　そっちに行くルートはもう少しで見つかりそうだよ！〟

「それは良かったわ。それでね、お姉様だけそちらへ送るわ。私が戻るのは無理だけど、今のお姉様なら魂が小さくなっているので、通ってきた残滓《ざんし》を使えば、お姉様をそっちから引き寄せられると思うの」

〝ん～～？　やってみる～〟

お姉様を抱えて大扉へ放り投げると向こう側でも見つけたのか、するりと呑《の》み込《こ》まれた。

〝大丈夫だよ～～〟

「ありがと～。それでは悪いけど、お姉様を外へ出して、リュドリック兄様に預けてください。それと、記憶を多少いじったので整えてもらえるかしら？」

〝ん～～？　……わかった〟

……今の間は何かしら？

まあとにかく、念願は叶《かな》いましたが、もう一働きいたしましょう。

＊＊＊

「さあ、ギアス。ここなら邪魔は入らないよ」

あの〝二柱〟は本当に邪魔だった。特にユールシアは本当に何を考えているのか分からず、ヒライネスは無意識に苦手意識を持ってしまっていた。

だがさすがに固有亜空間の最奥にある、ヒライネスが様々な次元と接触するための『研究室』までくれば、もう邪魔は入らないだろう。

「さあ、新たに誓いたまえギアスよ。たとえ、何年掛かろうと、必ず自分の女を奪い返し、邪魔をする者は誰であろうと殺すと」

「……ダメだ……嫌だ……」

「自分の妻が他の男に奪われたままでいいのか？　他人に心を開いた女をそのままにしていいのか？　お前以外が彼女を幸せにできるのか？　お前以外が彼女を幸せにしてもいいのか？　お前の居場所を奪われたままでいいのか？」

「……ぁあ……」

精神的にも肉体的にも打ちのめされ、もはや死人のような姿をしたギアスが手で顔を覆いながら泣き崩れる。

死後の無念により一切の記憶を失うことなく、異界を渡れるほどの強い魂は滅多《めった》にお目にかかれるものではない。五十年の刻《とき》を掛けて熟成させてきたが、ヒライネスはそろそろ収穫する時期だと考えた。

その黒い宝石のような魂をかすめ取ろうとする、ユールシアのような悪魔もいるならなおさらだ。

その最後の仕上げにじっくりと……ヒライネスは魂を苛むようにギアスの心を折りにかかる。

「決心がつかないのならこれを観《み》るがいい。これが〝現実〟だ」

亜空間の闇に、以前ギアスが脳内で見せられた異界の光景が映し出される。

街の夜景が見える高台の公園……そこで一人の男が、緊張した様子でギアスの妻である幼馴染《おさななじみ》と向かい合っていた。

「ああ……そんな……」

「見てみろ。今ちょうどお前の知らない男が指輪を取り出したぞ。ふふ……お前の妻だった女の顔は見物だな」

「完全に吹っ切れてはいないようですが、それでも未来に生きる顔になっていますわ」

「あの女にとって、お前の存在はもう過去のものになっている。お前はそれでいいのか？　それでも自分を待っていてくれると信じられるのか？」

「女心と秋の空……。知っているでしょ？　人の心はうつろいやすいものよ」

「そうだ。人間の女など所詮は……」

「…………」

「…………」

「……はぁっ⁉」

いつの間にかすぐ隣で、一緒にギアスの心を苛んでいた〝金色の少女〟にヒライネスは跳びはねるように距離を取る。

「き、きき、貴様、ユールシアっ！　どうやってここまで辿り着いた⁉」

「またお邪魔してしまいましたわ。ヒラ…ヒ……ヒヤシンスさん」

「なんの花だっ⁉」

「あら失礼。好みでない殿方の名前は覚えるのが難しくて……」

固有亜空間を震わせるようなヒライネスの怒声に、困ったように眉尻を下げていたユールシアは何かに気づいて、取り出した黒い扇子で口元を隠す。

「ところでお口からヘドロのような臭いがいたしますわ。離れていても漂ってきますから、胃が悪いのではありませんか？」

「貴様……っ！」

もし胃が悪くなっているとしたら、確実にお前のストレスのせいだ、と言いたいヒライネスであったが、もしそんなことを言えば、またこの奇妙な悪魔のペースに巻き込まれそうな気がして言い出せなかった。

その直感が正しいと示すかのように、ヒライネスが〝彼女〟の存在に気づいた瞬間から、奇妙な〝緩い〟空気が生まれ、それに気づいたヒライネスの身体が目眩《めまい》でも起こしたように揺れる。

そもそも、どうやってこの『研究室』まで辿り着けたのか？

ヒライネス以外であの大扉を通り抜けられるものは、彼の配下の悪魔か、罪を犯し、悪意を持つ〝人間〟だけだ。

ただの人間なら、たとえ勇者であろうと途中に配置した配下の大悪魔に倒され、同じ悪魔や精霊であるなら、辿り着くまでにかなりの時間と魔力を消費することになる。

それは数多の次元を旅するという〝魔神《デヴィル》〟であっても例外はない。空間を操る悪魔であるヒライネスの力は、〝魔神《デヴィル》〟や〝魔獣《ビースト》〟にさえ通じるのだ。

それならば、この目の前にいる〝悪魔〟は何者なのか？

「ふっ……こんな敵地の最奥までたった独りで来るとは、自分の力を過信しすぎではないか？　お若い〝悪魔〟よ」

心を落ち着かせるため前髪をいじりながら、ヒライネスは状況を把握する。

先ほど撤退したのは最高位悪魔が二柱もいたからだ。ユールシアはある意味最も面倒な悪魔ではあるが、この場に〝魔獣〟がいないことで、運はヒライネスに味方していた。

魔界において最高位悪魔同士の争いが滅多に起きないのは、たとえ相手を滅ぼせても、自身の力が減退していれば、その隙を突かれて他の最高位悪魔に滅ぼされる可能性があるからだ。

その唯一の例外が〝暗い獣〟であり、自らの滅びさえ意に介さす牙を剝く獰猛《どうもう》さに、ヒライネスも自分から戦おうとは思わなかった。

逃げ場のないこの最奥に現れたのがリンネであったなら、ヒライネスも滅びを覚悟して戦うしかなかったが、彼がヒライネスの配下である大悪魔の襲撃を退け、この場へ辿り着くにはあと数ヵ月は掛かるだろう。

そんなヒライネスの言葉にユールシアが少しだけ目を細める。

「わたくし〝一人〟なら、どうとでもなると？」

「そう言っているのだよ、ユールシア」

じわり……と、二柱の最高位悪魔から溢《あふ》れ漏《も》れる〝気配〟と〝瘴気〟に、ただの人間であるギアスの魂が萎縮して、その身体が拒絶するように痙攣を始めた。

「お待ちなさい」

「今更、臆したかっ」

「いいえ。でもこのままでは、先にギアスさんがお亡くなりになりますよ？　それはあなたも本意ではないでしょう？」

「…………」

ユールシアの言葉にヒライネスも瘴気を弱める。

ヒライネスが交わしたギアスとの〝契約〟は、『ギアスが愛する妻の許へ帰る』こと。ヒライネスが関わることで死んでしまえば、その魂を得ることはできなくなる。

それはユールシアにしても同じことだ。ヒライネスの〝契約〟をかすめ取ろうとしているユールシアもギアスが死ぬことを望んでいない。

「それと、最後の〝仕上げ〟をしたいのなら、あなたに良いことを教えましょう。人間の中で生きてきた悪魔の知恵だと思ってください」

「……ふん」

本来ならこんな怪しげな悪魔の怪しげな提案に乗る必要はない。だが元々研究者気質であるヒライネスは、〝異界の知識〟を持つという〝魔神〟の技術に興味を持ってしまった。

そんなヒライネスにニコリと微笑み、ユールシアはようやく息を継いだギアスにそっと歩み寄る。

「ギアスさん、今まで長い時間を頑張られてきたのですね。ずっと……五十年も」

「ぁ……ああ」

五十年。その言葉に違和感を覚えてギアスが顔を上げる。

目前の金色の少女。その正体が〝悪魔〟であると理解しながらも、人間から〝聖女〟と讃えられる少女の優しげな微笑みに不安が募る。

「……おい、ユールシア」

「時には〝真実〟を知ることも必要なのですよ」

「ど、どういうことだ！」

ヒライネスとユールシアの不穏なやり取りにギアスは声を張り上げると、ユールシアは優しげな笑みのまま唇を開く。

「先ほどの映像……わたくしも見せていただきましたが、あの映像の場所は、ギアスさんが生きていた時代のものですね」

「……時代……？」

ギアスの呟《つぶや》きにユールシアは仏頂面のヒライネスに振り返る。

「あの方は有能な悪魔です。次元の操作に長《た》け、空間を操ることで、ギアスさんの魂から故郷を探し当て、その光景まで映し出すことができました」

「……当たり前だ」

ヒライネスの呟きにニコリと微笑み、向き直るユールシアの瞳にギアスの全身から汗が流れる。

「偶然ですが、わたくしもあの光景を知っています。〝光の夢〟かと思っていましたが……確かにあの世界の本で見たのです。あの五十年前の光景を」

「五十年……前？」

「悪魔は嘘《うそ》をつきません。あの方はちゃんとあなたとの約束通り、五十年前の映像の時間を巻き戻してくれたのですよ」

「……ちっ」

ヒライネスは思わず舌打ちする。ヒライネスの計画では、三十年ほど時間を掛けて、限界に達したギアスに、子どもや孫に囲まれる〝年老いた妻〟の映像を見せて心を折るつもりだった。

だが、ギアスはヒライネスの目論《もくろ》みを越えて、五十年も心折れることはなかった。

「高位の悪魔といえども、未来を予見して、世界そのものの時間を巻き戻すことはできませんよ。わたくしたちが出来るのは、ほんの数分間だけ周囲の時間を歪ませる程度です。あなたが死んでから、何年経ちましたか？」

「……ぁ……ぁあ……ああああああああああああああああああああああっ」

ギアスは現実を……〝真実〟を知って泣き崩れた。

ギアスとなって初めて見た、魂で改ざんされる前のあの〝数字〟だけが真実だった。事故で死んだ二十三歳の時から三年後に、妻は新たな男と第二の人生を始めた。

それから五十年……。それだけ経てば妻が生きているかも分からない。

ギアスの魂が絶望に彩《いろど》り染まり、それを見た二柱の悪魔が目を輝かせた。

騙された者の心を折るのに、〝真実〟に勝る言葉はない。

「ははは、さすがだな、ユールシア。それでは……」

機嫌を良くしたヒライネスがギアスに近づこうとして、一瞬の違和感に眉を顰《ひそ》めた、その向こう側で――

「ではギアスさん。わたくしと〝契約〟をいたしましょう」

その言葉にヒライネスが瘴気を噴き上げるように柳眉をつり上げ、激昂《げきこう》して詰め寄ろうとした瞬間、違和感の正体に気づいた。

「これは⁉」

ユールシアやギアスの姿がぶれて見えた。

「過去の映像か！」

高位の悪魔でも数分なら周囲の時間を狂わせることができる。

ユールシアは緩やかな動きと甘言でヒライネスをその場に留《とど》め、神霊語の〝数分狂わせる〟という言葉を使い、悪魔公である彼さえ欺いて一分間の刻を偽った。

その一分前のユールシアが、未来のヒライネスに語りかける。

「殺せ、奪え、などと、元の〝契約〟から離れたことをギアスさんにさせようとしたのは、彼の奥様がもう亡くなっていることを知っているのでしょう？」

「ユールシアっ‼」

ヒライネスが叫ぶ。だが、一分前の彼女には届かない。

ギアスにそれを知られてはいけなかった。知らなければ以前の〝契約〟は続き、これまで集めた魂も含めて新たな〝契約〟に書き換えるはずだった。

「では、そちらの〝契約〟は無効となりましたね」

その瞬間、時の流れを無視してギアスと繋がっていた〝契約の鎖〟が引き千切れ、新たな黒い鎖がギアスに纏《まと》わり付《つ》く。

「……悪魔よ……私を殺してくれ」

「はぁい、ご契約、ありがとうございまぁす」

「やめろぉおお‼」

パンッ……。

まるで風船を割るような軽い音を立てて、ギアスの身体が霧散する。


――パリィン！


次の瞬間、空間がひび割れるように時間の流れが戻り、新たな〝契約の鎖〟で縛られ、絶望に黒く染まるギアスの魂を持ったユールシアが現れた。

「ふふ……」

まるで宝物を得た幼児のように嗤《わら》うユールシアに、ヒライネスは本性である猿面となって牙を剥き出し、歯ぎしりをする。

「……やってくれたな、ユールシア……ッ!!」

本当に何を考えているのか？　ヒライネスはユールシアが、ギアスが集めた魂ごと〝契約〟を奪うつもりだと考えていた。だからこそ彼女が真実を語るのも許した。

だがユールシアは真実を語るだけでなくその裏も語り〝契約〟を無効化したことで、ギアスが集めた魂は拡散して輪廻《りんね》に戻ってしまった。

おそらくこのユールシアは、数ばかり多い雑多な魂などに興味はなく、ただ純粋にギアスの魂のみを求めたのだろう。

その嗜好《しこう》は理解できる。だが実際にそれをする悪魔はいない。

食事をするのに肉とパンではなく、一粒の葡萄《ぶどう》を選ぶ者などいないのだ。

「そもそも、ギアスさんの願いを叶えられなかった時点で、あなたとの契約は終わっていましたのよ？　わたくしも余裕があったわけではありませんが」

まだ生まれたばかりのような〝魔神《デヴィル》〟が、数千年存在した〝悪魔公《デモンロード》〟を出し抜こうとしたのだ。

消耗しないはずがない。

だがそもそも、どうしてそんなことが出来たのか？

「直に力を貸してくれるのは、リンネですが、わたくしが〝悪魔公《デモンロード》〟と争うと、どこかで知ったらしい『自称お兄ちゃん』が、あなたを出し抜くための〝異界の知識〟を沢山送ってくださったのですよ。……二人とも本当に過保護ですこと」

そう言って異常な悪魔は愉しそうに嗤う。

「あり得ん……」

悪魔は基本的に単独で行動する。だが、同格の悪魔同士なら争いを避けるために協定を結ぶ場合もあり、力の差があれば主従関係となる場合もある。

しかし、魔界の野獣と呼ばれる〝暗い獣〟や、数多の次元を旅する太古の〝魔神《デヴィル》〟は、他の悪魔と交わることなど、これまで一度たりとも無かった。

では、その他と関わることのない二柱の最高位悪魔を〝過保護〟にさせる、この〝存在〟はなんだというのか？

ヒライネスの脳裏に一瞬、深遠なる闇の奥で豪奢《ごうしゃ》な椅子で足を組みながら、夜を思わせる昏《くら》い藍色の髪をした青年が、〝悪魔〟の顔で嗤っている姿が見えた。

強大な二柱の最高位悪魔に愛される、この〝悪魔〟はなんなのか？

「……私のものとならぬなら、その魂、私が壊してくれるわ。その魂を守りながら私と戦えるか、ユールシアよ！」

「ええ、それは無理ね」

ユールシアはヒライネスの言葉にニコリと笑い、そのあまりの緊張感のなさに思わずヒライネスが手を伸ばす。

ギアスの魂は契約が完了したのでヒライネスのものとはならないが、それでも百年を掛けた愛着がある。ユールシアを滅ぼせばその保有権も消失するかもしれないと、ヒライネスは思わず手を出さずにはいられなかった。

だが――

「なっ⁉」

ユールシアはあれほど苦労して手に入れたギアスの魂を、あっさりとどこかへ放り投げ、その予測できないあまりの行動に、さしものヒライネスも一瞬硬直する。

二柱の悪魔が転がっていく魂を目で追い、ヒライネスが飛び出そうとしたとき、ギアスの魂は実験中の次元の隙間に落ちて、悪魔たちの手の届かないところへ消えてしまった。

「あらあら、何処へ行ったのでしょうねぇ」

「貴様、なんのつもりだっ！」

ヒライネスの怒りが固有亜空間を震わせても、ユールシアのふわりとした笑みは変わらない。

ユールシアという〝悪魔〟は、あまりにも〝異質〟だ。

「貴様は……〝何者〟だ……っ」

二柱の最上位悪魔が織りなす〝破壊〟と〝滅亡〟の気配に空間が軋《きし》みをあげる中、その存在の根本を問う言葉にユールシアは小さく首を傾げる。

「私は〝悪魔〟よ。〝魔獣《ビースト》〟として生まれ、〝魔神《デヴィル》〟として生きて、人間の〝公女《プリンセス》〟となった私を、あなたたち古い悪魔は、どう呼ぶのかしら？」

「なに……」

その言葉にヒライネスは息を呑む。

遥《はる》か太古の刻、原初の時代、〝悪魔公《デモンロード》〟〝魔獣《ビースト》〟〝魔神《デヴィル》〟という呼び名は、誰かが適当に決めたものではない。

リンネを『魔界の野獣』と呼ぶように、ヒライネスを『魔界天子』と呼ぶように、その存在があるべくしてそう成ったとき、悪魔たち精神界の住人は、その〝存在〟を心に浮かび上がる『言葉』として理解した。

目前の〝異質〟な悪魔を見つめ、ヒライネスは数千年ぶりに現れた新種の悪魔に向け、心に浮かぶその存在を表す言葉を口にする。


「──〝悪魔公女《Devil Princess》〟──」


金色の悪魔の可憐な微笑みが、壮絶な〝悪魔〟の笑みに変わる。

ヒライネスの全身が肥大化して、その本性である巨大な猿面の悪魔となってユールシアを襲う。

ユールシアも白目が黒に浸食された真紅の瞳となり、巨大なコウモリの翼を広げて迎え撃つ。

互いの爪が空間ごと引き裂き、その戦いは喰《く》らいあうように苛烈を極め、次元の壁を壊すような衝撃音はそれから数ヵ月も止《や》むことはなかった。

第十四話　伝説になりました。……そして

その男は、地方のとある街に生まれた。

彼が産声をあげたとき、その枕元に何故か契約の粗品のような、知らない外国の〝洗濯用粉石《こなせっ》鹸《けん》〟が置いてあり不思議がられたが、それ以降はおかしな事なく、ごく普通に成長した。

幼い頃から〝家族愛〟を人一倍大切にする子どもだった。

幼い頃より、気がつくと知らない〝誰か〟を探していた。

幼い頃からずっと……〝どこか〟へ帰りたいと願っていた。それを親に言って困らせることなく心に秘め、それが〝何処〟かも知ることのできない彼は、地元の大学を卒業すると、遠くの街で就職して一人暮らしを始め……。

〝彼〟はついに〝彼女〟と出逢《であ》った。

大学を卒業したばかりで、男と同い歳のその女性は、数ヵ月前、結婚直前の夫となるはずの人物を亡くしたばかりだと聞いた。

それから彼女は親元に帰ることなく、〝夫〟と暮らすはずだったアパートに残り、戻らない夫を想《おも》いながら一人で暮らしていた。

男は一目見て彼女に見蕩《みと》れた。誰もが振り返るような美人ではないが、垂れ目気味の愛らしい微笑みは誰をも優しい気持ちにさせる、そんな女性だった。

男は彼女を見た瞬間から涙が止まらなかった。そんな彼を心配して声をかけてくれた彼女にその場で結婚を申し込み、男は当然のように拒絶された。

考えてみれば当たり前だ。夫を亡くしたばかりの彼女に言うべき言葉ではない。だが男は諦めることはなかった。諦めることなど出来るはずがなかった。〝彼女〟こそ、男が生まれてから探していた人であり、帰るべき〝場所〟は彼女の許《もと》なのだと〝魂〟がそう言っていた。

それから男は努力した。傷ついた彼女の心に踏み込むことなく、少しずつ彼女の悲しみを癒やしていく。

そして最初は困惑していた彼女も次第に彼の真摯さに触れ、男の持つ雰囲気や仕草が〝夫〟と似ていることを懐かしく思うようになり、少しずつ凍《い》てついた心を溶かしていった。

そして三年が経ち、男は幼い頃より感じていた心の中にある〝黒い鎖〟に急《せ》き立《た》てられるように一つの決意をする。

ポケットの中には賞与を注《つ》ぎ込《こ》んで購入した〝結婚指輪〟がある。

それを握りしめて気合を入れる彼に、どこか遠くでまるで男を応援するかのように『ニャ』と猫が鳴いていた。

＊＊＊

聖王国の姫……〝真の聖女〟と呼ばれた金色の少女は、戦場で数多《あまた》の人を救い、魔王や邪悪な魔獣さえも改心させ、戦争さえも止めてみせた。

だが神は真なる聖女へさらなる試練を与え、世界を滅ぼす邪悪を封じた〝黒い渦〟を出現させ、聖女はそこへわずかな従者のみを連れて挑み、その数ヵ月後に見事その渦を消し去った。

真実は分からない。だが、その場にいた聖女に救われ、彼女の清らかさに触れた者たちは、それが真実だと確信していた。

だが、聖女は戻らなかった。亡くなったとも、まだ邪悪と戦っているとの噂《うわさ》もあるが、多くの者たちは人族、魔族関係なく、自らの身を犠牲にして邪悪を封じ、人知れず世界のために戦っているであろう、彼女が無事に帰ってくることを神に祈った。

聖女の献身により、人類軍と魔族との戦争は終結した。だが、人類と魔族は、いまだに手を取り合うことはできていない。

元は同じ人類でありながら、交雑と環境、そして長い隔絶の時間が習慣や考え方の違いを生み、聖女の慈悲により改心した魔王へブラートは、人類側への不可侵を決め、時間を掛けて少しずつ歩み寄ることを選んだ。

聖女の大いなる愛により、争いの原因となっていた厚い雲と食糧難を脱した魔族国の民は、魔王とその娘である世にも美しいドワーフの姫と共に大地を耕し、海のない魔族国で採れる海藻を使った料理を創作しているという。

「ウホ」

「そうだな。聖女様もまだフランソワに会いに来てくれるさ」

「ウホ」

「ハハハ、それは良い。彼女が来たらその言葉を伝えてあげれば喜んでくれる」

「ウホッ」


その頃シグレス王国では――

「オレリーは実家に帰らなくて良いのか？」

「はい。わたくし……私は家出したようなものなので、アル様のところに居たいと思います」

「そ、そうか。それと俺のことは〝アル〟でいいからな」

「はい。……アル」

はにかむように名を呼ぶオレリーヌに、初めて本当の自分を見てくれる恋人を得たアルフィオは、だらしないほどニヤけながら鍬《くわ》を振るう。

すでにアルフィオの両親に挨拶は済ませており、真面目で清楚《せいそ》なお嫁さんに両親は大喜びで二人の仲を認め、二人は常に一緒に居る。

「余裕ができたら、アタリーや聖女さまにも声をかけて、姉妹三人で食事でもできたらいいな」

「そうですね」

オレリーヌはあの二人とは会っていない。

姉に会えばまた陰に隠れてしまいそうで、妹はまだ恐ろしく、できることならあと数年は会いたくなかった。それでも姉妹なので、無事でいてくれることを神に祈っている。

「アンコやチェリアにも会っていないが、あいつらなら大丈夫だろ」

「……そうですね」

あの二人からは、指名手配されているので助けてくれ、との書簡が届いていたが、それはアルフィオの目に触れる前にオレリーヌが処分した。


人々は聖女がいまだに帰還しないことを悲しみながらも、彼女をよく知る者たちは悲観していなかった。

〝黒い渦〟に突入したあと一度だけ彼女の従者が戻り、気を失った一人の少女を連れ出すと共に一つの〝伝言〟を持ち帰っていたのだ。

『お父様、お母様、ご心配をかけて申し訳ありませんが、面倒なところに入り込んでしまったので一年か二年ほどで帰ります。皆様によろしくお伝え願うと共に、お姉様をお願いします』

ある意味で彼女らしい、簡単で大雑把《おおざっぱ》な伝言に関係者は同様に微妙な顔をしたが、たったそれだけで重くなりかけた空気が〝緩く〟なるのだから、それが彼女の人徳なのだろう。

救出された少女の仲間たちはすでに行方が知れず、そのうちの二人はどこかで逮捕されたという噂もあったため、彼女はその場にいた〝従弟《いとこ》〟の手により、生まれ故郷である聖王国タリテルドへ帰還することになった。

「アタリーちゃんは、わたくしのことを〝お母様〟と呼んでくださいね」

「……は……ぃ……」

アタリーヌは王都のヴェルセニア大公家の別邸で、大公フェルトと夫人リアステアの庇護《ひご》の下で新たな生活を始めていた。

呼びかければ返事もする。大抵のことは自分でできる。ほとんどの記憶と感情を失い、小さな子どものようになってしまった彼女を不憫《ふびん》に思い、少しお腹《なか》が大きくなったリアステアが我が子のように世話を焼いていたが、半年が過ぎても大きな回復は見られなかった。

日がな一日、呆然《ぼうぜん》と庭を眺めていることも珍しくなく、過去に彼女から被害を受けていた侍女やメイドたちは、最初こそ疎ましそうにしていたが、次第に彼女の世話をするようになり、今では率先して話しかけたりもしている。

アタリーヌは少しずつ言葉を覚えるように会話も増えているが、その感情はまだ戻っていない。

でも、ただ一つ……。

「アタリーヌ様、あの方がいらっしゃいましたよ」

聖王国の〝聖戦士〟として功をなした少年が、不意に彼女を見舞いに来る。

リュドリックは親戚であり、幼馴染《おさななじ》みでもある彼女を説得できなかったことを悔やんでおり、数日に一度は顔を出すようになっていた。

彼女の母と同じく、年下の王子様に恋をして素直になれなかった女の子は、そのときだけ微《かす》かに笑顔を浮かべていた。


聖女である少女の友人たちは、彼女が戻らない悲しみよりも寂しさを覚えていた。

彼女の無事を疑ったことはない。でも、彼女が早く戻らないことが決してまともな理由でないことを確信する友人たちは、寂しさと憤りを堪えながら過ごしている。

「ゆ、ユルは、どうして早く戻ってこないのかしらっ」

「どうしてかなぁ。心配だねぇ」

「ええ、そうですわ！」

「それでは、一緒に教会でお祈りしようか」

「は、はい！　ひう！」

何故か、舞い上がっているというか茹《ゆ》であがっているベルティーユは、王宮に隣接したカイル宮庭園にて憤りながら、突然殿方に肩を抱かれて小さく悲鳴をあげた。

「どうしたの、ベティー？　嫌だったぁ？」

「いいえ！　そ、その恥ずかしくて……」

顔を真っ赤にするベルティーユの肩を抱きながら、第二王子ティモテがふんわりと笑う。

何がどうしてこうなったのか、ベルティーユ自身がいまだに信じられないでいた。

どうやら聖女である彼女の友人として関わっているうちに、その裏表のない人柄を彼や王太子妃に気に入られたらしく、あと数ヵ月で十四歳となる彼女は、王太孫婚約者……つまり次の次の国王であるティモテの許嫁《いいなずけ》になってしまったのだ。

本人も幼少よりティモテを慕っており、そうなったら良いなと夢想はしていたが、四歳差と婚約者候補としてはギリギリで、実現するとは思っていなかった彼女は終始茹であがっている。

未来の王妃が、この『見た目だけ黒髪清楚な残念娘』で良いのか疑問は残るのだが、のんびりとしたティモテと意外と気は合うようだ。

……若干の不安は残るが。


聖王国の勇者ノエルは、魔王軍を退けた功績によりタリテルド内に領地を得た。

元より領地のない名誉伯爵であった彼は、これにより正式な伯爵位を持つ上級貴族となった。

これはただの褒賞ではなく、打算やら様々な思惑が絡んでいるが、それはともかく魔術適性がありながらまともな教育を受けてこなかった彼は、この機に正当な貴族の教育と人脈作りのために、無理矢理王都にある魔術学園に編入することになる。

だが……そこで勇者ノエルに思いも寄らない〝強敵〟が待ち構えていた。

「…………」

学園に編入したノエルは、誰かと絡むことなくほぼ一人で過ごしていた。

元よりノエルは人嫌いな性格ではない。どちらかと言えば温厚で礼儀正しく、人懐っこい笑顔の少年なのだが、恋する少女を救えなかったことから、いまだに人を寄せ付けない戦場の雰囲気を漂わせていた。

勇者を信奉する聖王国の国民ゆえ、特に女生徒が話しかける機会を窺《うかが》い、皆諦めていったが、ただ一人それを気にしない者がいた。

「ノエル様！　どちらへ行かれるのですか⁉　ユル様を捜しに行かれるのですか⁉」

「シェルリンドさん、私についてこないでください！」

学園には友人であるリュドリックもいながらノエルが一人でいるのは、何度も学園を抜け出し、聖女である少女を捜しに出かけていたからだ。

だが、いかに真の勇者といえども、次元の向こう側まで捜しに行けるわけもなく、闇雲に捜しても見つからず、その苛立《いらだ》ちによりさらに周囲から距離を置かれるようになっていた。

だが、少女の友人であるシェルリンドは、ノエルが少女を捜しに行っていることを聞きつけ、事あるごとに纏《まと》わり付《つ》いて探索に連れて行けと訴えた。

「今日は何処にも行きませんから！　それに私が行くところは、人が立ち寄らない危険な場所が多いのですよ？　あなたのような貴族の女の子が……」

「問題ございませんわ！　ユル様の護衛騎士様方から、以前より武器の扱い方を教えていただいていましたのっ、ほら、見てくださいい。――えいっ」

木の枝を拾いあげたシェルリンドがへろへろと振った、枝の先に虫がとまる。

「ほらっ」

「…………はぁ～～」

何故か自慢げに振り返るシェルリンドにノエルが深く溜息《ためいき》を吐《つ》く。

連れて行かなければ付きまとわれ、連れて行けば確実にノエルが護《まも》らなくてはいけなくなるだろう。でも、それを強く拒絶できないのは、彼女が友人のために努力していることを知っているからだ。

それは幼い頃、『聖女様』に憧れて必死に自分を鍛えていたノエルと同じであり、同じ思いを抱く友人ができたようで、ノエルは溜息を吐きつつもその口元に微かな笑みを浮かべていた。

彼女を直に知る全員が、金色の少女……ユールシア・フォン・ヴェルセニアの無事を信じ、心配しながらも、彼女が早く帰ってくることを待ち望んでいた。

真の聖女と呼ばれたユールシアは、人々の幸せを願い、その慈悲によって魔族との争いを止め、愛によって邪悪な魔獣でさえ悔い改めさせた。

人々は彼女こそ神に愛された〝伝説の聖女〟であると讃《たた》え、子どもたちが眠るときその物語を枕元で話して聞かせた。

そして……ユールシアは今、何処で何をしているのか。

＊＊＊

「────────ッ…………」

巨大な猿の悪魔が断末魔を残して消滅し、〝バターとシロップとアイスと果物をてんこ盛りした分厚いパンケーキ〟のような怨嗟《えんさ》を吸収しながら、私はようやく息を吐くことができました。

「──……～ぁあああああああ、しんどかったっ！」

すべて消し飛んで広大な荒れ地のようになった元研究室？　で、私はひっくり返るように仰向《あおむ》けに倒れる。

「もぉ……何日掛かったのかしら？　まったく」

最後のご褒美であるご馳走《ちそう》は〝そこそこ〟でしたけど、高位悪魔ってカロリーが高いから食べすぎると胸やけするのですよね。

あの、ヒ…ヒラ……ヒラシャインは私よりも強かった。

感情が高ぶると悪魔の性《さが》が強く出るので結局戦いになりましたが、自分でもよく勝てたなぁ～とは思います。

戦いはほぼ互角でした。それでも私が勝てたのは、対悪魔用の輝聖《きせい》魔法と持久力の差ですね。

「……もぐ」

なんとか起き上がり瓦礫《がれき》に腰を下ろした私は、取り出した〝タコスルメ〟を齧《かじ》る。

魂で味付けしたこれのおかげで、ギリギリですが魔力を補充できました。このドレスから無限に湧いてきますけど、私の悪魔としての親和性の高いモノが〝海の幸〟なのを初めて感謝しましたよ。

「どうしようかなぁ……」

見渡すかぎり果てのない亜空間の光景に、思わず溜息が漏れる。

最初は悪趣味ですが通路も扉もお部屋もありましたのに、今ではもう魔界のような暗い空と荒れ地しか残っていません。

要するに私がここまで来た〝道〟がすべて潰れてしまっています。確かに後先考えず無茶苦茶《むちゃくちゃ》暴れちゃいましたけど、次元が歪《ゆが》むまで壊れるとは思わないではないですか。

持ち主が消滅したこの固有亜空間も、いつ消滅するか分かりません。最悪、魂が繫《つな》がったリンネのほうへ次元を泳いでいくしかなさそうですね。

でも……。

「まぁ、とりあえず〝餌〟にかかるのを気長に待ちますか」

私の指先から細く伸びる、〝黒い鎖〟が〝しゃらり〟と音を奏でた。


――シュタッ。

『追いついたぞ、ユールシア！』

「…………」

暗い空から落ちてきた黒猫リンネが私の肩に着地する。

何を『俺が来たからもう大丈夫』みたいな顔をしているのでしょうね、このニャンコ。

「もう終わりましたよ?」

その一言にリンネが愕然《がくぜん》とした表情になる。……猫の顔で。

これでもうリンネの魂を目印にはできませんね。まぁ、合流しろと言ったのは私ですが。

「そうだ、あの子たちは?」

魂が繋がっているのはリンネだけではありません。四人の従者たちが、まだ向こうの次元にいるのなら……。

『あの四体も時間は掛かるだろうが、すぐに追いついてくるはずだ』

「ですよね!」

完全に帰る手段を失い、私はとりあえず落ち着くため、リンネのお腹に顔を埋めて深く猫成分を吸い込んだ。

ペシッ。

『負けるとは思っていなかったが、無事に勝てるとは思わなかったぞ』

「運もありましたが、自称『お兄ちゃん』のお力添えがありましたから」

ほっぺに肉球の跡を付けてニコリと微笑む私に、リンネが眉間に皺《しわ》を寄せる。

今もどこか遠い次元を旅している藍色の髪の青年。

本当に〝魔神《デヴィル》〟は気まぐれですよね。

今は何処に居るのか分かりませんが、初めて出逢った〝妹〟のような存在は、何千年、何万年と独りでいた彼でも放ってはおけなかったのかしら？　……送ってくる〝異界の知識〟は本当に唐突なのですけど。

いつかまた会えれば良いのですが……。

ペシ、ペシ。

「……何をしていますの？」

『いや、知らない〝悪魔〟の残滓《ざんし》があったので払っていた』

私の肩を肉球で払っていたリンネがそんなことを言う。……なんなのかしら？

『さてどうする？　俺は何処の次元でもお前がいれば良いが、お前はそうはいかないのだろ？　かなり時間は掛かるが、一度、魔界を経由するか？』

「それもよいのですけど……」

闇雲に次元を渡っても、私たちがいたあの世界〝アトラ〟へ辿《たど》り着《つ》ける可能性は低いのです。あらゆる〝世界〟に通じている〝魔界〟を使えば、いつかはアトラに辿り着けるのでしょうが、それでは着いたときに数百年経っているか分かりません。

それではちょっと困るのですよ……でも。

「大丈夫よ。当てはありますから」

私は待っているのです。

あの空間を操る悪魔が、様々な次元を繋げるために研究をしていたというこの場所で。

私が流した〝餌〟にかかるのを……。

そして――

「……来た」

私の指先から細く伸びる〝黒い鎖〟がわずかに引かれ、ピンと伸びた鎖の先……その荒れた地面に魔力を送ると、魚が〝餌〟にかかるように沸き立ち始めた。

ようやくかかった。ようやく繋がった。

ようやく……〝世界〟が私の流した〝餌〟に食いつき、そこへ辿り着いた。


パキィン………。


『これは……』

「そうよ、リンネ」

空間に亀裂が走り、澄んだ音を立てて割れたそこに、新たな〝世界〟が広がっていた。

青空というほど青くない空……。

石と硝子《がらす》で建てられた塔のような高層ビル群。

流れていく電車……無数の自動車……果てしなく続く街並み……。

「夢に見た〝光の世界〟……」

だからこそ私は、強くそこへ帰りたがっていた〝魂〟を放流した。

この〝世界〟を探し出すために。

夢だと思っていた……。私の基になった可哀想《かわいそう》な女の子が生まれた世界。ギアスが見せられた映像で、私はそれを〝現実〟だと〝認識〟した。

ああ、沢山の人が見えるわ……。

かぐわしい腐臭を放つ沢山の魂が見える。

精霊が消えて魂の循環がなくなり、淀《よど》んだ川が腐っていくように、奈落へ堕《お》ちるべき濁った魂さえも〝人〟として生まれる、腐汁にまみれた魂が満ちる素敵な世界。

数え切れないほど……食べ切れないほどの〝濁った魂〟がそこにある。

悪魔と人の属性を持つ〝悪魔公女〟の力が、私をそこへ導いてくれる。

「さあ、リンネ、参りましょう。あの淀んだ世界で濁った魂を補充して、お父様やお母様のいる世界へ……〝家〟に帰りましょう」

光に溢《あふ》れる、善き者に厳しく、悪《あ》しき者に優しいあの世界。

病気で死んだあの女の子が生まれて……呪った、素晴らしい世界。

でも〝私〟の故郷ではありません。

精霊がいなくなったあの世界でも、半分ほどの人間を食らってみせれば、隠れた神も現れるしかないでしょう。

その神に聞けばいい。帰る道を。

知らなければ繰り返せばいい。識《し》る者が現れるまで。

大丈夫よ……

そんな世界でも私が愛してあげるから。

「初めまして、懐かしい世界……。これから〝悪魔〟がお邪魔しますわ」

『悪魔公女』第一部　ゆるいアクマの物語

第四章　The Devil Princess――――終

第二部　現代編――――開幕

書き下ろし――童話『魔ウホ少女、モチプルン』

むかしむかし……ではない、あるところにドワーフ《もちぷるん》たちが住む国がありました。

ドワーフの国は、とても素敵で平和な国。

元々、手先が器用でいながら力が強く、ずんぐりとした小人のように小さな種族であった彼らは、カバやゾウなどの街道で旅人を襲うことを得意とする動物に対抗するため、収斂《しゅうれん》進化のような形で、まるで世紀末の覇王のような姿になりました。

心優しきドワーフたちが住むこの国では、今日も男たちが指先一つで広大な畑を耕し、女たちが指先で鋼鉄を千切《ちぎ》って捩《ねじ》り糸にした布で素敵な衣服を作って、平和に暮らしていたのです。

そんな平和なドワーフ国には、三人の美しいお姫様がいました。

第一王女、金剛姫《こんごうき》・ジュリエッタ。

第二王女、奇岩姫《ギガンテス》・エミリー。

第三王女、鉄姫《てっき》・フランソワ。

国民のドワーフたちは皆、この愛らしい三人のお姫様と、優しい王様や王妃様のことが大好きで、みんな楽しく暮らしていました。

「ウボォ、ウボォオオオオ（ほーほほほっ、何をしておりますの、フランソワ。まだそちらが汚れているでしょう）」

鋼《はがね》の如き風貌と美しい髪で男を魅了する十五歳の少女、長女ジュリエッタが三メートル近い身長から繰り出す蹴りで、床掃除をする末妹を踏みにじる。

「ウゴォオオ、ウゴ、ウゴォオオ（まぁ、お姉さまったら、そんなに蹴っていては、掃除がいつまで経っても終わりませんわ。うふふっ）」

その姉の隣で縦も横も奥行きも二メートル以上もある玉のような少女、エミリーが可憐《かれん》な含み笑いを零《こぼ》しながら、袋に入った大量の焼き菓子を口から零しながら貪っています。

「ウボォオオ、ウボォオオ（あら、ごめんなさい。ふふ。エミリーだってそんなに零していたら、いけませんよ）」

「ウゴォオオ、ウゴォオオオオ（だって、わたくし、このお菓子が大好きですの。だから仕方のないことだと思いませんこと？）」

女性にしては背の高いジュリエッタは、小柄で愛らしい妹のエミリーを溺愛していました。そしてエミリーも、気高く美しい姉のジュリエッタが大好きでした。

「ウボォ？　ウボ、ウボォ（そんなに美味《おい》しいのかしら？　わたくしにも少しいただける？）」

「ウゴォオ……（もぉ、仕方ありませんね。少しだけですよ）」

ワームの幼体のような愛らしい指先でエミリーが食いかけの焼き菓子を差し出すと、涎《よだれ》をダラダラと垂らしたジュリエッタが、突然、焼き菓子のある袋に手を突っ込んだ。

「ウゴォオオオオオオオオッ！」

「ウボォオオオオオオオオッ！」

それを阻止しようとするエミリー。けれどもジュリエッタはそんな可愛《かわい》い抵抗をする妹の顔面に肘を打って後退させる。

けれど、あらゆる衝撃を吸収すると言われるエミリーの豊満な身体《からだ》はその衝撃に耐え、鼻血を垂らしながらニヤリと笑ったエミリーは渾身《こんしん》の力で姉に殴りかかったのです。

「ウゴォオオオオオオオオオオオオオオオッ‼」

「ウボォオオオオオオオオオオオオオオオッ‼」

大気を震わせるような拳《こぶし》の応酬に石で出来た柱や床が砕け散る。そんな可愛らしい姉妹喧嘩《げんか》に侍女たちは一斉に避難を始め、唯一残されたフランソワが変わってしまった姉たちを寂しげに見つめていました。

どうして姉たちは可愛い妹であるフランソワを虐《いじ》めているのでしょう？

それは三人の母親である優しい王妃様が事故で亡くなり、その悲しみが仲良しだった三人の関係にも影を落としてしまったからでした。

王妃様はとても美しく、強い人でした。

平均身長二メートル、体重二百キロと言われるドワーフの中で、王妃様の体重は一トンを超え、まるで巨大なガマガエルのように美しく草原を駆け巡り、鹿や羊を丸呑《まるの》みにして捕食する姿がよく見られ、そんな庶民的な王妃様は国民にとても愛されていたのです。

けれど、その健啖《けんたん》さが祟《たた》ったのでしょう。王妃様はある日、丸呑みにしたカバを喉に詰まらせてしまいました。

王様も国民も大変悲しみました。もちろん、三人の幼いお姫様たちもとても悲しみましたが、王妃様が亡くなったことで、二人の姉たちはその悲しみを紛らわすかのように、一番下のフランソワに当たり始めたのです。

「ウホ……（お姉さま）」

変わってしまった姉たちのいつ終わるかも知れない死闘に背を向け、フランソワはそっと離れていきました。

でも、姉たちはどうしてそこまで変わってしまったのでしょう？

「ウボォオ、ウボボ、ウボォオオオ（最近のあの子、自分がちょっと可愛くて人気があるからといって、調子に乗っていませんこと？）」

「ウゴォオ！　ウゴオオオオ（ええ、本当ですわ、お姉さま。あの邪魔なお母さまがいなくなって、真の意味でこの国一番の美女となった、ジュリエッタお姉さまの足下にも及ばないくせに、生意気ですわ）」

結局、二人の喧嘩の中で粉砕されてしまった焼き菓子の代わりに、侍女が用意した牛の丸焼きを仲良く分け合いながら、ジュリエッタとエミリーの二人がフランソワの愚痴を言う。

「ウボウボォォオ（本当にお母さまは女神様のように美しかったわ……。でも、あの人のせいで、わたくしは国一番の美女になれませんでした。でも……）」

「ウゴォオオオオオ（ええ、お姉さま。あの美しいお母さままでも、私たちが肥えさせたカバを呑み込むことはできませんでしたね）」

優しく美しい王妃様が亡くなったのは、この二人が企んだことでした。

「ウボォ、ウボ、ウボォ（でもこれで、わたくしが一番よ。そして可愛いエミリーが二番）」

「ウゴォオオオ（ふふ、照れますわ、お姉さま）」

この国一番の巨漢で牛を丸呑みできるほど美しい母を、二人は疎ましく思っていました。そして王妃様の日課である草原での捕食に合わせて、たっぷりのバナナで肥えさせたカバを放って王妃様を亡き者としたのです。

計画は上手《うま》くいきました。でも……。

「ウボォ、ウボ、ウボボ、ウボ（けれど、あの子がいるかぎり安心はできませんわ。嫌がらせではなく、直接的な行動に出るべきでしょう）」

「ウゴォ、ウゴウゴォオ（ええ、お姉さま。いっそあの子を……）」


三姉妹の末姫、鉄姫・フランソワ。

鋳物で出来た鉄兜《てつかぶと》の如き美しい黒髪。

数多《あまた》の戦場を駆け抜けた猛者《もさ》のような、巌《いわお》の如き可憐な風貌。

野生のサイやカバでさえ道を譲る、慈愛に溢《あふ》れた鋭い双眸《そうぼう》。

繊細で嫋《たお》やかな、ウツボのような指先……。

まだ四歳という幼子の身でありながらその身長は二メートルもあり、母や姉たちに劣らぬ鬼人の如き美しさと、岩から削り出したような愛らしさは、将来、自分たちを脅かすのではないかと、姉たちを警戒させていたのでした。

「ウホ……（くすん）」

その頃、フランソワはお城から離れた森の中で膝を抱えていました。

いかに子ども離れした美しさと肉体を持っていようと、彼女はまだ四歳。大好きだった母を失い、姉たちから意地悪をされてとても悲しかったのです。

でも、そんなフランソワを慰めようと、森の動物さんが来てくれました。

『ガルルルルゥ……！』

「ウホッ！（ネコさんです！）」

体長三メートル近い虎縞《とらじま》の推定〝ネコさん〟は、唸《うな》りながらまるで恥ずかしがるように距離を置いていましたが、そのあまりの可愛らしさにフランソワは、一瞬の隙を突いて飛びつくように抱きしめたのです。

『ガァアアアアアアアアアアアッ！』

バキッ……ボキッ……。

「ウホホ（ふふ、可愛い）」

優しいフランソワは動物が大好きでした。そのせいで、ちょっとだけ強く抱きしめてしまったのか、可愛らしく爪を立ててきましたが、フランソワの玉の肌には傷一つ付きません。

この森はフランソワの遊び場で、三歳の頃はもっと沢山のネコさんが来てくれたのですが、何故《なぜ》かその姿を見ることも少なくなり、フランソワは寂しい思いをしていたのです。

ボキンッ……ゴキンッ。

寂しいときに来てくれたネコさんを頬ずりするように抱きしめ、ネコさんも嬉《うれ》しかったのか、泡を吹いて眠るようにぐったりとしてきたとき、不意にフランソワは微かな気配に気づきました。

「ウホッ？（なんだろう？）」

白目を剝いて眠ってしまったネコさんをそっと横たえたフランソワが、気配を感じた茂みを覗《のぞ》いてみると……。

「ウホォ！（すごく可愛い！）」

そこにいたのは、とても可愛らしいゾウの子どもでした。もしかしたらネコさんはこの子と遊んでいたのかもしれません。

可哀想《かわいそう》に母親とはぐれてしまったのでしょうか？　そうでなくても動物好きのフランソワは、まだ体重二百キロもない小さな命を放っておくことができませんでした。

ゾウは、このドワーフ国で人気のペットで、放置したら悪い人に見つかって連れて行かれるかもしれないのです。そこでフランソワは、大きくなるまで育てようとゾウの子どもを連れ帰ることにしました。

「ウホホッ（さぁ、行こうね）」

『パオゥン……』

よほど怖い目にでも遭ったのか、怯《おび》えた瞳で震える仔《こ》ゾウを肩に担ぐと、フランソワはスキップをするような弾んだ足取りで帰途につく。

けれど、こんな可愛い仔ゾウが姉たちに見つかったら、お手玉のように投げられてしまうかもしれません。フランソワは隠《かく》れ家《が》にしている小屋に仔ゾウを隠し、農場から連れてきた牛さんを担いで仔ゾウにミルクをあげると、怯えていた仔ゾウもやっと気を許してくれたのか、光のない瞳で遠くを見つめていました。

仔ゾウにとっても良いことですが、フランソワのような幼子が動物の世話をすることは情操の発達に良い影響を与えます。

「ウホッホオッ‼（あなたが大きくなるまで、私があなたのママになるの！）」

そのおかげでフランソワの雰囲気も柔らかくなり、お城の侍女たちも盾と鈍器を構えずに近づいてくれるようになりました。

ですが、そんな小さな幸せは長く続きませんでした。ある日、城の自室でお勉強をしていたフランソワの許へ、珍しく二人の姉たちが訪ねてきたのです。

「ウホッ、ウホ、ウホ！」

また何か意地悪をされるのでしょうか？　それとも大変な用事を言いつけられるのでしょうか？

そんなことを思いながらも、まだ姉たちのことを好きだったフランソワは精一杯の挨拶《あいさつ》をしますが、そんな末妹に姉たちは優雅に唾を吐く。

「ウゴォオオオオ、ウゴォオオオオ」

「ウボォオオオオオオオオオ!」

「ウホッ……」

姉たちはまだ二メートルしかない小さな妹を見下ろすように、言葉遣いがなっていないと嫌み混じりの注意をしてきました。

「ウボァア!」

「ウゴォオ!」

飢えた獣《けもの》のように吠《ほ》える気高く美しい二人の姉。その二人が注意をするときでさえドワーフ国の姫として完璧な言葉遣いをしているのを聞いて、まだ四歳のフランソワは素直に自分を省みることにしたのです。

(ウホッウホッ(私も頑張る……いえ、わたくしも頑張りますわ))

そんな決意をするフランソワでしたが、姉たちは出来の悪い妹にお小言を言いに来たのではありません。

「ウボォ、ウボ、ウボォオオオ(それはそうと、フランソワ。あなた、最近一人で森に入っているそうね)」

「ウホッ(え……)」

「ウボォオ、ウボ、ウボ、ウボォア？（知らないとでも思っていて？　最近の森では動物たちが減っているそうよ。あなたがやっているのではなくて？）」

「ウゴ、ウゴォオ、ウゴォ！（せっかくお母さまがいなくなって動物が増えてきたのに、あなたがその可愛い顔で男を誑《たぶら》かして、お肉を貢がせているのでしょう！）」

「ウホッ（そんな……酷いっ）」

自分が森に行っていたのは本当ですが、ただ森の小さな動物たちと遊んでいただけ。ほんの少しだけ可愛がりはしましたが、動物を減らすようなことはしていない……と。

「ウボォオオオオオオオオオオオオ!!」

「ウゴォアアアアアアアアアアア!!」

なんということでしょう。フランソワが無実を訴えたのに、姉たちは信じてくれません。

それどころか、ジュリエッタはフランソワの話すことを嘘《うそ》と決めつけ、こう申し渡したのです。

「ウボ、ウボ、ボォオオ、ウボォオ！（あなたはドワーフ国の姫にふさわしくありません。あなたを北にある魔族国へ追放いたします！）」

「ウホッ!?」

フランソワは大層驚きました。ドワーフ国の王族にとって魔族国への追放は、死罪以上の最大の罰になるからです。大陸の最北にある魔族国にまともな動物は少なく、小さな魔物を躍り食いでもしようものならお腹《なか》を壊すかもしれないのです。

美しさと愛らしさで国民に人気があろうと、フランソワはまだ四歳。

ドワーフ国では美しい姉たちのほうが支持を得ており、政治的に弱いフランソワは確実に魔族国へ追放されることになるでしょう。

突然の宣告に唖然《あぜん》とするフランソワ。そんな末妹に次女のエミリーがイボガエルのように美しい容《かんばせ》でニタリと笑う。

「ウゴォオオオ、ウゴォオオオオ！（どうしても認めないのなら、あなたが森にいる危険な存在を探して倒してごらんなさい。できるものならね）」

「ウボォオ、ウボ！（まぁ、エミリーったら、こんな愚妹に優しいこと）」

「ウゴォアアアア！」

「ウボォオオオオ！」

高笑いを上げる姉たちの言葉にフランソワは顔色を青くする。

森で遊んでいたフランソワは、危険な動物はいないことを知っています。ですが、以前森の猟師から、虎という動物が何頭も全身の骨をへし折られて死んでいたという話を聞いたことを思い出して、仔ゾウが心配になりました。

森に危険な存在がいるという話は、エミリーの脅しだったのかもしれません。

でも……そのとき、ドワーフ国には、本当の危機が近づいていたのです。

「――うほぉ！」

「ウボォ！（なんですか、騒がしい！）」

突然室内に飛び込んできた侍女は、恐ろしい事件が起きたことを教えてくれました。

その事件とは――街に〝悪魔〟が現れたのです。

それは、遠く離れた聖王国タリテルドで起きた『第二次悪魔召喚事件』が発端でした。

その事件は、裏で金色の幼女が物理的に解決しましたが、そのときに発生した大量の瘴《しょう》気《き》を扉として、多くの〝下級悪魔《レッサーデーモン》〟が解き放たれていたのです。

しかもその下級悪魔たちは聖王国に留まることなく、金色の幼女に脅えて逃げ出したので、大変なことになりました。

『ガァアアアアアアアアアアアアアッ！』

平和なドワーフ国の集落を脅《おびや》かす五体の下級悪魔。

たった五体といっても悪魔は恐ろしい存在です。魔力の籠もっていない鉄の武器や、低級の魔術ではわずかな傷を付けることしかできません。

基本的に温和なドワーフの国民では、そんな恐ろしい悪魔を相手に逃げることしかできません。

多くのドワーフが悪魔に攻撃され、打ち身や捻挫の重傷を負いました。

「うほぉお……」

逃げ遅れた幼い男の子が、悪魔に氷の矢を何十本も撃ち込まれて、寒さで泣いています。これ以上、氷の魔法を受けたら風邪を引いてしまうかもしれません。

そんな恐ろしい悪魔を前にして、一般のドワーフたちではどうしようもありませんでした。

でも――

「ウホォオオオッ‼」

そのとき颯爽《さっそう》と現れた黒髪の幼女（二メートル）が悪魔の顔面を殴り飛ばしたのです。

ドワーフ国の鉄姫フランソワ。城から何キロも離れたここまで数分で駆けつけた彼女は、巌のような愛らしい顔で不敵に笑い、さっさと逃げろと岩のように大きな背中を見せます。そんな彼女の可憐さに男の子は思わず頬を染め、何度も頭を下げながら避難をしてくれました。

『グオォオオオオオオ……』

「ウホッ……」

けれど、やはり悪魔に物理攻撃は効果が薄く、頭を振って立ち上がる悪魔にフランソワは警戒して構えを取る。

テルテッドで作られた魔力剣か、持ち主の魔力を通す魔銀《みすりる》の武器でもあれば話は違うのでしょうが、まだ幼子であるフランソワのお小遣いでは、そんな高い物は買えません。

そうしている内にフランソワの美しさに当てられたのか、すべての悪魔たちが警戒するように集まってきました。

絶体絶命の状況。でもそこにまた現れた人物がいたのです。

「ウボォオオオオオオオ（ホーホホホッ、ドワーフの王族ともあろう者がたかが五体程度の悪魔にそのていたらく、恥を知りなさい）」

「ウゴォオオオオオオオオオ（愚妹の王族としての資質を疑ってしまいますわね、お姉さま。うふふ）」

現れたのはフランソワの二人の姉であるジュリエッタとエミリーでした。

ですが二人はフランソワに嫌みを言っても手伝ってはくれません。それもそのはず、遠く離れた聖王国から、このドワーフ国に悪魔が現れたのは偶然ではなかったのです。

二人の姉は将来自分たちを脅かす末妹を始末するため、わざわざ遠くから悪魔を捕まえてきたのです。いかに物理攻撃が効きづらくても、エミリーの豊満な肢体に呑み込んでしまえば捕獲も容易《たやす》いことでした。

「……ウホ」

助けてくれない姉たち。でも、このままでは沢山の国民が泣いてしまいます。

どうすれば悪魔を倒すことができるのでしょう？　フランソワが魔法を使えたら悪魔を倒せたかもしれませんが、ドワーフは何故か魔法の詠唱ができなかったのです。

「ウホッ！」

そのときフランソワは大好きな母が読んでくれた絵本を思い出しました。

ずっと昔、ドワーフの聖女はドワーフ語に想いを込めて、沢山の大きな花を咲かせる〝魔法〟を使っていたそうです。

でも……そんな〝魔法〟が本当に使えるのでしょうか？

躊躇《ちゅうちょ》するフランソワ。それをニヤニヤとした笑みを浮かべて見つめる姉たち。そして悪魔たちがフランソワに襲いかかろうとした、その瞬間――

『パォン！』

フランソワが拾った仔ゾウがご主人様の危機に駆けつけ、その鼻でペシペシと悪魔を叩《たた》き始めました。

そんな仔ゾウに悪魔が面倒くさそうに拳を振り上げる。その様子に、フランソワの中で何かが弾《はじ》けるのを感じたのです。

仔ゾウを助けるため。愛する国民を救うため——

想いを込めたドワーフ語はきっと〝力〟になる。

「ウホォオオオオオオオオオオオオオオオオオオオオオオオオオッ!!」

バスケットボールのように嫋やかな手をキュッと握りしめ、飛び出したフランソワの〝愛〟の籠もった〝拳〟が悪魔の顔面に直撃する。

錐《きり》もみ飛行のように飛んでいったその悪魔は、他の悪魔を巻き込むように飛んでいき、姉たちとぶつかるように爆散して沢山の〝血の花〟を咲かせました。

想いは強い力となる。それが、ドワーフの魔法（物理）でした。

「ウゴォアアアアアアアアアアアアアアアアアアッ!」

「ウボォオオオオオオオオオオオオオオオオオオッ!」

悪魔の直撃を受けてその血に塗《まみ》れた姉たちが騒ぎ出したのを見て、フランソワは仔ゾウを連れて逃げるように、この国を離れることにしました。

姉たちを怒らせたら、もうこの国に居場所はありません。フランソワは姉たちに見切りを付け、仔ゾウを肩に担いで悠然とドワーフ国を後にしたのです。

「ウホ、ウホホ！（そうですわ、魔族国へ行きましょう！）」

北の大地はドワーフにとっても厳しい土地。でもフランソワは、姉たちが自分を追放しようとした北の大地で幸せになることが、姉たちへの意趣返しになると思ったのです。

「ウホホッ（さあ、出発ですわ！）」

『パオゥン……』

フランソワは仔ゾウと共に旅に出る。

その旅路にはきっと厳しいこともあるでしょう。でも二人でいれば寂しくはありません。

そして……その旅の果てにフランソワは、愛する人と、生涯の友となる金色の少女と出会うことになるのでした。

あとがき

初めましての方は初めまして！　そしてお待ちくださった方はありがとうございます！

春《はる》の日《ひ》びよりです。

ついに第一部最終章、『悪魔公女』第四巻「The Devil Princess」をお届けいたします。

英語タイトルがそのまま副題という訳の分からないことになっておりますが、第一部の最終章を最後まで書いて、タイトルはこれしかないと思ったのです。その理由は……是非とも読んでお確かめください。そして分からなかったらごめんなさい！


なかなか難しい新文芸業界ですが、連続して刊行できたことを大変嬉《うれ》しく思います。

ウェブ版を書いていたのはかなり前なので、今回も現在の文章で丸ごと書き直しております。

元々〝文庫〟にするような文章量で書いていた作品なので、このお話を受けたとき大判と言われて文章量が足りるか心配になりましたが、書き直すと書き足りない部分が沢山出てきて、それを決めた編集様は慧眼《けいがん》でしたね。

でも、そのおかげでかなり満足できるものが出来ました。ずっと足りないと感じていた〝熱量〟

と〝悪魔成分〟が五割増しです。

しかし、この『悪魔公女』。書くのに少々問題がありまして、書くときは〝真夜中のテンションでいないと書くことができず、他作品と並行して書けないという困った作品でした。けれどもこの最終章では、ウェブ版のアイドル「フランソワ」と「ヒラなんとかさん」が登場しましたので大変楽しく書けました。もちろん、例の〝彼〟も引き続き登場しますので、ユルとどのようなことになるのか読んでみてくださいね。


それで第一部の最終章ということは、次の巻から第二部が始まります。

あとがきから読む方もいらっしゃるかもしれないのでネタバレは避けますが、士貴智志《しきさとし》先生が描いてくださっているコミカライズの内容となります。

コミカライズは第二部の一章と二章の内容になり、その部分だけを上手く纏《まと》めて漫画にしてくださり、完結となりました。素晴らしいコミカライズをありがとうございました！

書籍の第二部とコミカライズとは掲載誌に合わせて設定などを変更しておりますので、是非ともその違いを確かめてみてくださいね。

そして、どうしてこうなった的な第二部の世界へと続く、第一部のラストをお楽しみくだされば幸いです。

今回も表紙と挿絵は、海鴉《うみう》げそ先生です！　美麗で素敵なイラストを描いてくださるので、毎回楽しみで首を長くして待っております。

この巻を出すにあたって、読んでくださる読者様と置いてくださる書店様、そして編集様および関わったすべての方々に最大限の感謝を！

それではまた次巻、第二部でお会いいたしましょう。

Kラノベブックス

悪魔公女《あくまこうじょ》4

春《はる》の日《ひ》びより

2024年5月29日第1刷発行

発行者	森田浩章
発行所	株式会社 講談社 〒112-8001　東京都文京区音羽2-12-21
電　話	出版　(03)5395-3715 販売　(03)5395-3605 業務　(03)5395-3603
デザイン	浜崎正隆（浜デ）
本文データ制作	講談社デジタル製作
印刷所	株式会社KPSプロダクツ
製本所	株式会社フォーネット社

落丁本・乱丁本は購入書店名を明記のうえ、小社業務あてにお送りください。送料は小社負担にてお取り替えいたします。なお、この本の内容についてのお問い合わせはライトノベル出版部あてにお願いいたします。
本書のコピー、スキャン、デジタル化等の無断複製は著作権法上での例外を除き禁じられています。本書を代行業者等の第三者に依頼してスキャンやデジタル化することはたとえ個人や家庭内の利用でも著作権法違反です。

ISBN978-4-06-536022-4　N.D.C.913　323p　19cm
定価はカバーに表示してあります

©Harunohi Biyori 2024 Printed in Japan

ファンレター、作品のご感想をお待ちしています。

あて先
〒112-8001　東京都文京区音羽2-12-21
（株）講談社　ライトノベル出版部 気付
「春の日びより先生」係
「海鵜げそ先生」係

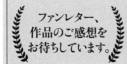